U0063499

陳玉慧
Jade Y. Chen

25th
Anniversary

徵婚
啟事

目次

你不需要徵婚

廿多年了，我對婚姻的想法都變了。廿多年了，柏林圍牆都倒了，雙子星大樓也夷為平地，重造大樓。廿多年，如果是個嬰兒，如今也都長大成人了，世界變化好大，人事早已全非。我也結婚多年，對婚姻的想法已然變了。但徵婚啟事卻還在進行，歷久不衰。

徵婚啟事確實至今仍在上演，在真實的生活中，在虛擬的空間，在影視和戲劇世界裡。而這一本當年的小說也仍在印行、改編、演出上映。實則，我終於明白，不是「徵婚啟事」，而是婚姻與愛情，才是人類永恆的題目。

對我個人而言，這一本實驗性質頗高的小說，是我寫作生涯裡最特殊的一

本，不但是寫作方式，文本的呈現亦然，這也是我的創作作品被改編成影視及戲劇最多次的一本。

廿多年來，我還是常常被問到：當初為什麼想到要去徵婚？早說過了，好奇心使然。沒說的背景是，廿幾年前，彼時的我很想結婚，但陰錯陽差和當時的男友沒結成婚，也因此分手，使我有時間回到台北一陣子，並且針對這個議題寫了一本書。

還記得，徵婚那一年，我住在復興南路一棟頂樓的公寓，那一年冬天頗為潮冷，我常穿風衣出門，那時大家還使用答錄機，甚至使用傳真和 BB Call，那一年台北沒有捷運，計程車經常大塞車，約會偶爾因此遲到，大家也習以為常。且彼時星巴克或丹堤咖啡尚未蔓延，要找家像樣適合聊天的咖啡館並不多，所以常在餐館見面。

那一年的徵婚過程，現在回想起來仍然歷歷在目。其實也不是完全沒有危險性，畢竟人心難測，萬一運氣不好遇見壞人也不是不可能，當時我約會都在公眾場所，書中也提到，有人約晚上在公園見，或要拜訪我的住處，我皆斷然拒絕，只是有二次我上了徵婚者的自用車，我在書中提到，當時已經略略不

安，現在仍然覺得不妥。不過，因為徵婚所以也認識一些有趣的人，聽了一些有趣的故事。

我在書中沒提到的是，我和其中二位徵婚者互動較頻繁，我甚至一度把他們二位當成朋友，後來我告知他們我將出書，他們雖很訝異，但也未加反對，只是要成為常常聯絡的朋友已不可能，隨後我再度出國定居，沒再往來，他們也都結了婚。我不是與徵婚者完全沒有互動，並非只是記錄者的身分而已。

當年徵婚的行為動機其實並非只是想結婚。除了好奇緣由，已有劇場經驗的我，試圖將文學題材劇場化，徵婚是一個既個人又具群體性的社會儀式和概念，我在徵婚的過程中不但探討了婚姻觀，了解了自身，並且接觸到社會各階層的渴婚男子，對台灣男性及當時的社會有更深認識。

這廿年來，台灣社會也有了變動，婚姻觀與時並進。現在，愈來愈多人接受及認同不婚的行為，與以前相較，台灣社會對單身不婚人士多了寬容。不過，我們社會的「好女孩症候群」（The Good Girl Syndrome）仍然存在，仍然有許多女孩認為，結不成婚的人便是失敗者，沒結過婚或失婚的女性就不是好女孩。還有人產生了一種莫名心理和衝動，「不管如何，人生至少要結一次

婚，就算離婚都好，以免遭人嘲笑」。

如今的台灣男生宅化愈來愈多，因此所謂「魯蛇」以及甘心做魯蛇的男人愈來愈多，這便相對增加婚姻的困難。

如今，仍有為數不少的失婚女性認為，婚姻或愛情若無法維繫，那一定是自己的錯，儘管，變心或有問題的是男性，他們都已經出走，懷抱他人，一些女性仍自認為錯在自己，是自己沒有魅力，無法留住男性。甚至，在自責之餘，乃責怪第三者，認定她們勾引了自己的男人，但是，男人若不同意，外遇怎麼可能發生？

在我們社會裡，愈多人認同小三，便愈說明婚姻制度的矛盾和不可依賴，愈多人同情小三，愈發顯現婚姻維繫的困難，「沒有不能拆散的婚姻，只有不努力的小三」，這不是荒謬的人性寫照？

而審視今天，我們已進入社交網路年代，不但不需刊登徵婚啟事，而且沒有必要刊登。因為個人的部落格、Line、微信、臉書等等，無一不是個人抒發的媒體管道，廣泛說，也是個人的徵友乃至徵婚的園地。當你在臉書上註記單身或交往仍保有空間，或感情狀態一言難盡等，也就是公開自己的交往可能，

這正是祖克伯（Mark Zuckerberg）發明臉書的主要動機，可以說，這個年代不但不需要徵婚啟事，且若有人果真在報紙上刊登徵婚啟事，反而有點多此一舉了。

但婚姻真的這麼重要嗎？沒有結婚以及不能或無緣結婚的人可能覺得很重要，很多人畢生心願可能便是嫁娶，但在結婚多年後，我反而認為，人生不必完全投注在婚姻這件事，更重要的是，明白自己的需要，以及自己喜歡和嚮往的生活方式，如果你能過愉快的婚姻生活固然是最好，倘若不行，至少你過的是自己想過的生活，而不是過一個痛苦不堪的婚姻生活。

但我對一些渴望婚姻並且非婚不可的人，也有同理心。這是個人的抉擇。

畏於未知及未可知、害怕孤單，寧可選擇有伴侶的人生，即便是品質不良的伴侶人生，我只是想說，這麼多年過去了，我對婚姻或婚姻制度的看法完全不同了。我想說，不是和白馬王子結婚，從此便快樂幸福，不是，真的不是，而且要擁有幸福的婚姻生活，除了緣分還要有點運氣。畢竟幸福的婚姻是緣分。還有，忍讓或妥協都可能是維繫婚姻的必要條件。

其實徵婚啟事也是一種生活態度，你不是非要結婚才徵婚，你也不是非要

結婚，人生才會幸福。帶著一點往外探究的好奇心，一點往內觀看自己的反省，人生不也很寬闊？

你不需要徵婚。

二〇一四年十月二十日

我祝你們幸福

二十年了。

要為這新版《徵婚啟事》寫點東西，倒像是在追憶流水時光，二十年，彈指之間。二十年前，我突發奇想，在報紙啟事欄刊登廣告，開始一場報導式的無形劇場。

無形劇場（Invisible Theatre）是我在巴黎學戲劇的年代相當著迷的一種戲劇呈現，由巴西劇場家波樂（Augusto Boal）所揭櫫的一種劇場形式，波樂於一九七〇年代在阿根廷實驗演出，給一些沒有機會到劇院看戲的人一場震撼教育。

表現戲劇的人不一定就站在舞台，參與戲劇的人也不一定坐在台下，戲劇文本也不一定非得要先有劇本台詞不可。甚至沒有導演和燈光。

可以說，當年我正是與一百多位徵婚者演出一場無形劇，而演員共通的一點便是寂寞單身，《徵婚啟事》是台灣第一場無形劇場。

而徵婚後二十年，我最有興趣知道的是：那些當年徵婚的人都在做什麼？都到哪裡去了？

而我又在做什麼？到了哪裡去了？

我去了德國，結婚，定居於南德慕尼黑，過起家居生活，結束流浪生涯，遷移。這二十年我勤於寫作，我成為作者，坐著。

在這之前，我似乎總是像中國武俠小說裡的拜師求藝之人，習於走動，游牧，

我告別劇場，重拾新聞報導，我寫了幾本小說，去了數十個國家，訪問了元首或者菁英，去了戰爭現場，做了不少專題，見了無數的人，看過無數的事。

唯一沒做的是生育孩子。

我生了場病，或許是心病。陷入那折磨人的苦痛，我曾經痛不欲生，成天

和M到各地尋求名醫，他們沒醫好我，他們中有人告訴我：妳沒有病，妳應該去跳舞。還有人告訴M：她是花朵的話，你便是花架，你這麼溺愛此人，你使她生病。

我們在東德小鎮上找一家怪醫生診所，我們開車去丹麥邊境拜訪一名骨科醫生，我們坐在柏林一位名醫辦公桌前聽他慢條斯理說話。

我們從一棟房子搬到另外一棟。從城市搬到湖邊，又從湖邊搬回城市。我以為是房子的問題，殊不知那是心裡的問題。我總是對自己不滿意，我無法滿意，就算到了天堂也不會滿意，我不但對自己，也對他人，對生活，總希冀著一種改善之感，我無法忍受不完整。

我從意識流走回敘事。我從散文走向小說。我從喃喃自語走到具體篇章。

有一天，我不再病了。

先是慢跑，再是北方走路（Nordic Walking），然後是瑜珈和皮拉提斯（Pilates），最後是氣功和靜坐。

我遇見許多老師，有的教我一招半式，有的教我人生大道理，大部分的來了又走了。他們其實讓我明白，我只能是自己的老師。我擁有的本性應該與佛

陀一樣，所以，如佛所昭示，如果我還在街上遇見佛陀，我應當場告別他。

這二十年，我離開人群又回到人群，離開劇場又回到劇場。

離開虛無，回到圓融。

我本來不喜歡溫柔，又逐漸學會溫柔。

這二十年使我明白：生活果真便是戲劇，小說便是虛構的人生，人生何嘗不是？你想像你的人生如何？你的人生便如何。歡樂也好，痛苦也罷，一切因幻念而生，也因幻滅而滅。

我已不是過去那個陳玉慧了。

這二十年來，徵婚這件事也發生了很多變化。徵婚，這個人類古老行為，已從報紙徵婚欄，轉向網路。而在 e 時代，社會觀念價值更動，隱私權肖像權的概念也與時俱新，一些令人瞠目結舌的新聞事件不斷發生，相對之下，《徵婚啟事》便顯得單純無奇。

必須說的是，我的無形劇場之書，本來應有五本。當年，我有五個與社會儀式或行為息息相關的創作概念。徵婚只是第一個，但在徵婚之後，我敏感和隱居的個性使我很快地從這個創作題材撤退了下來。

所以，徵婚一書成為我的創作生涯中最獨特的一本書。也成為我的遺忘書。

我喜歡這本書，亦不喜這書。

還記得嗎？《徵婚啟事》被屏風表演班改編成舞台劇多麼賣座？還記得嗎？被陳國富改編成電影又在影展得了多少獎？事隔二十年，此書不斷再版，早已是暢銷書。

如今，華人社會以徵婚為題的戲劇或電影有好幾個，《徵婚啟事》一本小書的影響力之大，令我驚訝。必須說，人人都可以徵婚，人人也可以借徵婚為題，但是，《徵婚啟事》做為原創故事，這是第一本。

二十年之後，在徵婚一事逐漸在現代社會上消失的此時，讀者究竟從這本書裡看到了什麼？

我自己又看到什麼？說來有趣，我看到婚姻制度的矛盾，我還看到當年台灣社會裡的偽善，以及許多邊緣性人物求生存的悲哀。

而人生正因有了悲哀，所以當幸福來臨時，就更值得珍惜。

我在這裡祝福所有當年的徵婚者。

我祝你們幸福。

我祝所有仍然想徵婚的人幸福。

二〇〇九年六月十五日

徵婚啟事

出場者／陳玉慧與四十二個男人

記錄／陳玉慧

啟事：生無悔，死無懼，不需經濟基礎，對離異無挫折感，願先友後婚，非介紹所，無誠勿試。7××-06×9

刊登媒體：《自立晚報》、《聯合報》、《中國時報》

徵婚時間：一九八九年十一月～一九九〇年一月

徵婚地點：台北市

應徵者：共一〇八位（男士一〇七位，女士一位）

這是一名女性與四十二名男性徵婚的紀錄。

一九八九年冬天，我以吳小姐的名義陸續在三家報社刊登了上列的徵婚啟事，分三天刊出，三天之中，我都是自己接聽電話（很多徵婚人抱怨電話一直占線），只有在短暫的外出時，才以答錄機作為聯絡方法。一〇八位應徵者中，除了三位是託人詢問外，其他人皆親自洽談。

在徵婚的過程，我和應徵者或見面或通信或電話，因人而異。我選擇四十二位男士作為記錄對象。在記錄中，我試圖捕捉每個人所留給我最強烈的印象，也盡量保存大多數人的談話資料，沒有潤飾。但四十二名徵婚人的姓名、年齡、見面時間及地點全數隱去。請勿對號入座。而有關作者個人在徵婚過程的真實反應，則毫無保留。

第一個男人

他的頭髮梳得很整齊並抹了油，臉白而大，除了眼角有魚尾紋外，並未留下太多風霜的痕跡，眼睛雖小但很有神，這使他的整張臉顯得有意思。

他是第一個來應徵的男人，內科醫生。

今年五十歲，妻子已去世多年，詢問我一些問題後，約我星期日下午二時見。他說，平常診所很忙，只有週日才有空。他說，碧富邑二樓咖啡廳好了，屆時他會將一份報紙放在桌上，並且坐在靠近入口的地方，以茲識別。

內科醫生準時坐在咖啡廳，他並非坐在他所說的靠近入口的地方，但桌上果然擺著報紙。他抽555菸，喝咖啡，穿質料十分高級的暗紅色印花襯衫、藍色領帶，他對我招手微笑，站起身讓我坐下。

剛才看到一個長頭髮女孩的背影，我想大概是妳，他說。但我並未在電話上告知外型特徵。

我坐下來，點了番茄汁。一時之間覺得頗尷尬，畢竟這是我生平第一次徵婚。他請我抽菸，我注意到他的咖啡杯是空的，問他是不是來了很久？記不得他回答了什麼，隔壁桌來了兩對夫婦和一個小孩，我聽到有人在交談中提到「一見鍾情」這四個字。

我看著他，他的頭髮梳得很整齊並抹了油，臉白而大，除了眼角有魚尾紋外，並未留下太多風霜的痕跡，眼睛雖小但很有神，這使他的整張臉顯得有意

思。

他不太說話，這大約也是使我感到尷尬的原因，我開口解釋自己徵婚是因為家人逼迫早日結婚等等不得已的苦衷，其實自己並不急著結婚。而在稍後，我意識到自己的解釋，只不過是優越感在作祟罷了。

他問我徵婚啟事刊登後是不是很多人跟我聯絡？我說不多，而且對象都不理想。妳的啟事寫得不好，用的辭句不對，他分析，這則徵婚啟事不但沒指明徵求男士的年齡，而且容易讓人起誤會。我仍然堅稱啟事不是出自我的筆。

一段沉默。

既然來徵婚，只好硬下頭皮，我尷尬地問：「年齡相差懸殊對你不會造成什麼困擾嗎？」他說他也考慮過這個因素，但認為就算不結婚，做做朋友也無妨。

我企圖多了解他的想法，便笑著說，我的青春可不容許我再拖延下去呢！他也笑了，但不再答話，似乎是因為無話可說。

我還問他，若我和他來往，兒子會反對嗎？他說兒子念研究所，平常在家教班教書，自己賺錢養自己，很獨立，父子兩人互不相涉。

妻子逝世已有十多年，他一直鰥居。問他日子怎麼過？他說每天在診所工作就到晚上八點多，星期日休假會去爬山、郊外走走、玩玩照相機、打打小牌。又問他是否找過其他的結婚對象？說沒有是騙人啦！他說，有的是朋友介紹，有的是自己在報上刊登廣告，其他則都是在風月場合認識。

「騙婚的事情也發生過。」一聽他提到騙字，我嚇了一跳，被騙了什麼呢？我問。他說像他這樣的年紀，被騙感情是不可能，而騙一點小錢是無所謂，「裝不知道就算了。」

曾經有一名女子當教師，對方想結婚；才初次見面，他並沒有結婚的念頭。臨別時女老師向他要了兩千元車資，她說，已經見了面，就應該給錢。

他認識了一名二十五歲的女孩，是看到他的徵婚啟事來找他，兩個月後向他「借」了三萬給外婆看病。內科醫生說，交往了一段時間，給這些錢也是理所當然。

還在風月場合結交了一名女子，向他「調」十幾萬說要買房子，將來可以作為愛窩，經過他主動調查，發現並無其事……

談話至此，我有兩個想法。第一，我似乎也有騙婚的感覺，只不過不是騙

錢。第二是：我也可騙他的錢。然而第二個想法稍縱即逝，太荒謬了。

太荒謬了。

我說有事必須離開，並向他道歉，我似乎真的過意不去，他說要送我一程。從碧富邑走出來過信義路時，他刻意想扶我；另一次在車內，收音機裡播著內容生疏乾燥的訪談，他伸手很快地摸我的肩膀，突然說：「妳正面側面都好看。」他開著車，駛向敦化南路，下車時，我說：「再見。」內科醫生從車內探身說：「如果妳不找我的話，大概是妳怕丟了。」到現在，我還不懂那

「丟」字是何意？

我離開的那一刻確定我不會和他結婚。幾天後，他曾再打過電話，很客氣地在答錄機裡詢問我的近況，我沒回電話。

第二個男人

他穿的衣服並未按照電話上所形容的顏色，相貌平凡，臉上有些憤懣的痕跡，也許生活上有過一些我永遠無法猜測的遭遇吧！

他在答錄機留下了好幾個電話，我都一一試過，最後才找到他。他說在報紙上看到「我」，所以是緣分。他喜歡交朋友，不過知己是少數，平常在商場上跑，生意做得不小，在台北近郊各處都有關係企業。

他約我見個面，我提議在敦化南路的書香園，他說那裡停車不方便，但他接著還說以妳方便為主，「反正我有車。」他說交通裁決所在哪裡，他很驚訝居然有人不知道交通裁決所在哪裡？我不知道在哪裡，我彷彿覺得他有一絲不耐煩。

我彷彿覺得他有一絲不耐煩。

最後我們約在一家便利商店門口。他告訴我他會穿什麼顏色的休閒運動服，並問我穿什麼？我隨口說黑衣、紅裙，又立刻說不一定，他表示第一次見面一定要一定。放下電話，我開始對他有成見，而同時，我也覺得我不該容易對人有成見。

那天下午四時尚未到，我已站在復興南路與和平東路口，我從對街望過去，約會的地點根本沒有人走動，我擔心有人看到我（就是怯場），遂匆忙走入一家眼鏡行看眼鏡。

我試了好幾副太陽眼鏡，聽到眼鏡行收音機裡報時聲響了四聲，才離開眼

鏡行，經過地攤時買了一雙布鞋，後來我才知道，原來賣鞋人給我兩隻右腳的鞋子。

我站在便利商店門口，那裡正站著一位身高不高的年輕男子，我發現四下無人只有他，而且穿同樣顏色的休閒服，問他是否等人？他連忙否認，而且顯露出很害怕的樣子，他的反應使我也開始緊張起來。

四時十分，一輛轎車在復興南路上出現，車子慢慢轉向和平東路，停車燈亮了，一位男子走出車門向我靠近。

是一位矮小而小腹便便的中年人，他穿的衣服並未按照電話上所形容的顏色，相貌平凡，臉上有些憤懣的痕跡，也許生活上有過一些我永遠無法猜測的遭遇吧！我正想問他是不是……他急忙為遲到之事道歉，並且再問我一次……妳真的不知道交通裁決所在哪裡？

「這裡不能停車，我們找個可以停車的地方吧！」他建議，說完不看我就直接往車子走去。在少許猶豫之後，我也坐上他的車。他的車內未曾放置任何物品，也沒有異味，但他開動車子時，我突然覺得好像有人躲在車座後，一位穿黑色緊身衣、戴黑色頭套的男人從後座緊緊用手臂箝住我……

當然，這只是我因恐懼而產生的幻想。

我提議去東區，他開車在仁愛路及東豐街上繞來繞去，找不到停車位，他說東區這種地方，「送我住都不住。」

我們坐在一家日本料理店時，他對我說：「我自視很高。」又問我知不知道為什麼他把手錶戴在右手上？「因為身分跟別人不同。」他請我摸他的手，我不太願意，但是在他堅持下，勉為其難。他的手很嫩，他表示很少人有跟他一樣的手，因為是「少年得志，家境不錯」的關係。

他說改天要送我一瓶洋酒，因為他自己進口洋菸、洋酒。問他是否必常出國？他說從未出過國，不過英文卻會念。他拿起一包自己進口的洋菸，Japan Tobacco……他真的大聲念出來。我突然擔心服務生會認為我是陪酒小姐，遂四下張望。

他說自尊心很重要，像他，他絕對不會去刊登徵婚啟事，因為他是男人，男人就要有男人的樣子，他對某些在報上刊登「事業失敗徵異己相助」啟事之徒甚覺可恥。不過事到如今，他必須看我的臉色，他說，事不過三，如果他打三次電話都約不到我，他不會打第四次；而我如果想打電話給他，可以跟公司

小姐說：我是某某超市，我要訂菸！以避人耳目。

走出日本料理店時，微雨，他想送我一程，建議晚一點一起去釣蝦場釣蝦，我一律推辭，為了某種安全感，我甚至選了一條平常不喜歡走的路回家。

他果真只打三次電話給我。

第三個男人

他說他想快快結婚，不過感情的代誌不能勉強，一輩子的事又不是「辦尪仔酒」。他平常晚上九點才回到家，喜歡看港劇錄影帶，抽菸但不喝酒，不跳舞也不賭博。

我幾乎每天打電話給他，試的是他在答錄機上留下的電話號碼，電話多半沒有人接。

某日下午，電話接通了，一位先生說，我所要找的人「有時候住這裡，有時候住不住。」再有一日中午的電話中，對方傳來疾疾的狗吠，又有一女告訴我：「他晚上會在，但他不接電話。」

我突然有個念頭，想知道他到底住在那裡？那些人又是誰？我選了深夜打電話，原來以為不會有回音，沒想到他從睡夢中醒來跟我說話。是年輕人的聲音，閩南口音，他說他是三重一家沖床工廠的老闆，沒錯，是他想結婚。

我問他是否交過女友？老實給妳講，他說，他試過相親，人家介紹一位女孩和他認識，帶她去餐廳吃飯吃了四百多塊，又去巴黎史歌廳聽歌，然後「伊都不愛呀！」那位女孩在公家單位當炊事工，她們家看錢看得很重，而且她還對別人說他像流氓。

他說他想快快結婚，不過感情的代誌不能勉強，一輩子的事又不是「辦尪仔酒」。他平常晚上九點才回到家，喜歡看港劇錄影帶，抽菸但不喝酒，不跳舞也不賭博。

他平常都看《民眾日報》，他說，那一天是因為看招租廣告才注意到我的徵婚啟事，因為沒事才順便與我聯絡，不然他不常打電話，「電話費最便宜，每個月才三百元不到。」

沖床老闆的學歷是國中，他騎摩托車上班，下雨則開汽車，家住嘉義，週六都南下返家。他說他不能騙人，他的工廠很小，只請二、三人做，他請我考慮「行一陣」看看，他想盡快結婚。

我說要考慮看看，婚姻如他所說，畢竟是大事，如果考慮合適，我會再與他聯絡。

我滿心抱歉地掛了電話。

第四個男人

他穿深綠色青年裝、灰色西裝褲、土黃色方鞋及紫紅色襪，氣色很好，印堂發亮，但他的客套、彬彬有禮卻讓我一時說不出話。

他或許是結婚的好對象，但他實在太拘謹了⋯⋯

他先是約好晚上七時四十五分見面，但又打電話來改成八時。八時過十分，我走進黎坊餐廳時，他已站在櫃台邊，他說他懷疑自己記錯約會地點，正在打電話給我。

他穿深綠色青年裝、灰色西裝褲、土黃色方鞋及紫紅色襪，氣色很好，印堂發亮，但他的客套、彬彬有禮卻讓我一時說不出話。

他望著我一臉微笑。

他離過婚，前妻和子女都定居美國。他也曾經在美國工作過兩年，察覺「國外的環境相當好」，但他不想住國外，畢竟台灣是自己的家，而他是愛家的人，目前和父親住，他應該是一個十分孝順的兒子，平常都在家裡聽CD，喜歡爬山和看電影。

他說結束了一段婚姻令他對過去的衝動已有體認，但他並未再就這個題目深談。

他的客氣使我不敢直截了當地用問題接近他，怕驚嚇了他，所以兩人的話題一直很乾燥，他一直微笑著。

他三十多歲，身材中等，任職電腦公司主管。我對他的印象非常奇特，好像他的拘謹在我們之間形成一層隔膜，我甚至覺得自己應該介紹一些想結婚的女友讓他認識，但我未這麼做，還是怕嚇到了他。

約會的第二天，他打電話來說忘了給我家裡的電話號碼，我們仍未深談，他只說「沒別的事了」，就掛上電話。

隔了六天，我收到一張他寄的聖誕卡，賀卡上是一匹馬，卡內只有他的簽名。

他實在是太拘謹了。

第五個男人

我決定離開時，外面正下著大雨，他仍未出現，走出餐廳，看到門口左側有一位穿藍色雨衣雨褲的男士站在摩托車前，我直覺那個人是他，但是我跳上計程車。

他的年紀跟我一樣，卻長得像個孩子。

第一次打電話來時，他問我身高、年齡、學歷，我大略回答幾句、他說：「哇！學歷這麼高，不敢了，不敢了。」他覺得念到碩士一定曲高和寡，我問是這樣嗎？那怎麼辦？他建議把文憑撕去。

他還說人不能為結婚而結婚，登報徵婚是不智之舉，他自己就不會做這種事，萬一家人知道怎麼辦？事情不成反而尷尬。

那為什麼打電話給我呢？我問。他說朋友最近用曖昧的語氣告訴他：「結婚很好啊！」所以他天天在找對象。要種田先得找一塊地才行，但是實在難找！稍後他又說：「其實結婚就像瞎子摸象，每個人看法都不同。」

言歸正傳，他說，結婚需要什麼條件嗎？我說有一個很重要的條件：雙方要談得來。他認為只要思想保持中庸，男女一定談得來。但問題是我的思想不一定保持中庸啊！我說。

那想結婚是比較難了，他笑。

我打開收音機，想聽一點音樂，廣播節目主持人卻說：現在要為大家播放一首《你愛我嗎》，我急忙將收音機關掉。「妳是真的想結婚？」他問。我是

真的想結婚，幾年前就想結婚，我說，我根本沒有辦法一個人過日子，孤獨太久了。

不知道是不是這些話觸動了他，他說其實很多人都寂寞，特別是過了三十歲的男人，只要是單身，有時一個人面臨深夜也不太容易。他陷入一陣感傷。

他說他覺得很自卑。

他曾經做過信件檢查的工作，這件事令他覺得自卑。我問他是不是在調查局？他說：「沒那麼好。」我不敢再問（怕有人竊聽電話）。他接著說，那一年拆閱那麼多信件，讓他對世事的看法改變許多，旋即，他說他坐過牢，因在獄中表現良好，獄方指派他檢查信件，他讀過許多名人的信。他是為父代罪，父親以他的名義開支票，違反了票據法，他決定坐牢的原因是無法還債款；他們全家人無論如何辛勤工作，也不可能在一年之內還清那筆數目龐大的錢。

然後他便去了監獄，曾經想死。未婚妻在他進監獄一個月後，立刻提出解約。他說，在監獄窒悶的日子裡，每天早上醒來的第一件事只是眺望窗外。

他本來不想告訴我這件事，因為他幾次告訴認識的女孩後，對方都心生害怕。他說，雖然她們口口聲聲說無所謂，其實態度卻慢慢改變，而這讓他永遠

不敢想到婚嫁，只能與五十八或六十年次的小女生來往，因為她們還沒想到結婚。

他真的覺得自卑，也覺得前途似乎有些渺茫。出獄後曾經考上長榮、台視等公司，但每次上班不到一個月，公司要求填資料時，他就被迫離職。甚至一次，當一家公司要求他繳交戶口名簿時，他自己主動把離職單夾在一起。

從此，他在父親的工廠上班，管人事。他不去不行，雖然滿心不願意，他說，父親有兩個家，如果他不去父親工廠上班，父親就不會兩天回家一次，而母親就會背地裡掉很多眼淚，他不要母親掉眼淚。現在，他認為只要弟妹能在國外好好學習，就算把自己賣給這個家也好。有時，為了不讓母親擔心他沒有朋友，星期假日還要故意出去外面走走，假裝與人交往，雖然他更喜歡留在家裡看錄影帶。

我用一種浪漫的語氣說，坐牢也是一種很好的人生經驗呀！我說他心地善良，而他只嘲笑自己愚孝。

我談及自己，我也是長女，但我十八歲就離開家，我一直以為家是家，我是我，輕微叛逆的心情，追求一種自我實踐的生活，跟他比起來，顯得有點自

私。他卻回答，妳是女生沒關係。

我們約在談話頭餐廳見面，他說一小時內可以抵達，但我等了兩個小時仍不見人影。我選擇餐廳的樓上位置，對樓下出入一覽無遺，心裡有一個想法：觀察他走入餐廳的反應。但我隨即為這個想法感到慚愧，而移身樓下。

我決定離開時，外面正下著大雨，他仍未出現，走出餐廳，看到門口左側有一位穿藍色雨衣雨褲的男士站在摩托車前，我直覺那個人是他，但是我跳上計程車。

到家打電話給他，他先說是摩托車被撞，又修正說自己摔倒，在餐廳門口站了許久，不敢進去。問他為什麼不敢進去？他說，怕與眾不同，大家都服裝整齊地在餐廳用餐，只有他濕淋淋地走進去找人，他怕隔絕感。

我搬出佛洛伊德的遲到理論，說如果一個人赴約時遲到，是因為潛意識中有逃避的企圖。他終於承認是因為自卑，因為怕面對我，幾次談話讓他覺得我像一座冰山，他看到的只是一小部分，我不像一般人有一定脈絡可循。

其實每個人都有自卑的時刻，我說，小時候和妹妹在雨天上教堂，媽媽給我們穿雨衣雨褲，而那時的小朋友多半穿達新牌雨衣（沒有雨褲），就因為多

穿了雨褲，我不敢進教堂，帶妹妹去別的地方玩水，一直到聚會時間過了才回家。每個人都有自己的弱點。

我們見面的那一天，風很大，我目睹一顆流星的殞落。他走近我時，手上抱著摩托車鋼盔，嘴上啣一根菸，很瘦很高，模樣和他寄給我的當兵照片沒有兩樣，像個孩子。他很緊張，很快地將香菸熄滅，他說他是抱著來看朋友的心情。

好啊！看朋友的心情，我說。他握著我的手上非常多的繭，他抽非常多的菸。「我們是兩列平行的火車，永遠沒有相交的一天。」他懷疑結婚的可能性，因為他是典型的台灣人，背景相差懸殊，現實生活又受到家庭的牽制，而我的想法那麼新，那麼個人。

他喜歡的女人不喜歡他，他不喜歡的女人喜歡他，他說自己三十幾歲了，卻愈來愈脆弱，愈來愈怕女人……

第六個男人

他沒有出現，之後，我再也呼叫不到他。

一個使用呼叫器的男人。

他打電話來時我不在，他留下呼叫器的號碼，我很快就聯絡上他。

他說他身高一六八點九公分，目前和學長合作期貨生意，南北往返頻繁。

我問他願不願意通信？他答以「不再有讀書時的心態，老了。」他雖沒結過婚，卻有一個孩子，問他原因，他說要見面談。

他約我星期五見面，但我卻弄錯時間，週四就赴了約，呼叫他後，他表示不可能出來，可不可以按照原定時間？他問我會穿什麼衣服，我說綠毛衣，他說如果當場有兩個以上的人穿綠毛衣，我可以去呼叫他，以便讓他區別。

禮拜五下午，只有我一個人穿著綠毛衣坐在一家叫黎香園的咖啡館，他沒有出現，之後，我再也呼叫不到他。

第七個男人

我到達時他已在喝啤酒了。他拿出身分證給我看，表示他的確此名此姓，而且單身，還說很抱歉他喝酒。

我們約在信義路的一家啤酒屋見面，我到達時他已在喝啤酒了。他拿出身分證給我看，表示他的確此名此姓，而且單身，還說很抱歉他喝酒。

他穿一件名牌的藍毛衣和白襯衫，講話手勢很多，頗女性化，在我們見面一個多小時中，他侃侃而談，把近十年的遭遇說得一清二楚。

他是在兩年半前由日本回到台灣。他說是因為喜歡喝酒，臉才變得那麼黑，並撩起衣袖說，不然他以前皮膚很白。他還表示日前要辭職換工作，所以才注意到徵婚欄。最近姊姊對他說，世界都跑遍了，為什麼不定下心做點事？

他也略有同感，想討個老婆，成家立業。

何況這一、二年他常覺得「沒有人可以約出來玩」、「花錢請別人喝酒還被別人的太太罵」，他說沒結婚又沒事業的人心情他最了解，「很悶喔！」他一直這麼安慰我，男孩子還可以喝酒，真不知道女孩子怎麼辦？

他其實結過婚，前妻好賭，又跟男人跑了，才離婚，前妻很漂亮。離婚後他很苦悶，便和旅行社去巴拉圭闖天下，學西班牙文，想重新生活，在當地做生意，誰知道「中國人在國外騙中國人」。他輾轉前往巴拿馬，身上只有五元美金，待了一年多才回去，後來去日本。

他說自己以前是「經理級」，在日本很多「高級」的朋友，去了那裡不好意思告訴他們自己在讀書，只說是觀光考察，結果錢用完了，只好去餐廳打工，可以賺生活費又可以喝酒，但久了也覺得落魄。

他學會做日本料理，但「這行前途並不大」。曾做過廚師，每日工作十小時，一個月收入兩萬二。說到這裡，他又從皮包內找出一紙日文信給我看，他說他還是想回日本工作，不停地將自己的履歷傳給日本各株式會社。因為他目前工作公司老闆把職權轉交兒子，「才二十幾歲小毛頭」，竟然要他出面跑業務，他覺得太沒面子，他都比他大十幾歲，「吃的鹽比他吃的飯還多」，他才想辭職不幹。

他還想辦一份雜誌，遊說三個朋友，每人出資五十萬湊兩百萬好辦事，結果大家只想拿二十萬，他覺得錢那麼少，「乾脆不要做。」

他問我在哪裡高就？我說剛從國外回來，正在尋找工作，他也說他能了解我目前的處境，當初他從國外回來，就在家裡待過，不但沒做事，還花了家裡一、二百萬。他請我有不如意事千萬要找他，可以把他當大哥。

我說謝謝，但我想回家了，他很快地拿起帳單，他說本來想請我到別的地

方走走，沒想到我要早回家。我準備付帳時被他立刻制止，然後他走在我前面，推開店門，他真的不高。

我說要去對街花店，他說他回家尚早，想再找朋友出來，我搖搖頭走過街，突然覺得他一定很寂寞。我站在街邊看著他，他背著他在電話上形容的「如女生所背的那種四方型包包」，從信義路一直往復興南路口走去，他停在公共電話旁撥電話，沒注意到我在路邊看他。

第八個男人

我問他為什麼不去一家咖啡館聊一聊？他不願意，認為戶外比較有情調。

我一直慶幸自己沒和他見過面。

在電話上，他說他姓方，是浙江人，問我是哪裡人？我說我在台灣生長，身分證上祖籍填的是廣東。那妳就是外省人嘛！他說，他對外省人有一份好感，對本省人沒什麼好印象。

我必須承認他這番濃厚的省籍觀念嚇了我一大跳。

他說他離婚五年了，目前在一家晚報上班，專門做一些「內幕報導」，他問我找到結婚的對象了嗎？我說還沒有，不過來應徵的人士中，有二、三人還不錯，譬如在電腦公司上班的一位主管。方先生立刻告訴我，那家電腦公司的營運狀況最近出問題，這是他的獨家內幕新聞，並且他認為那位先生的職位並不高。我說沒關係，我並未決定和他結婚啊！他說，那好，就剩你跟我。

他邀請我出去走走，我說去哪裡呢？新公園，晚上七點半，他建議。我唯唯諾諾不同意，他從新公園換到國立藝術館再換到中正紀念堂（旁邊的公園），我問他為什麼不去一家咖啡館聊一聊？他不願意，認為戶外比較有情調。我感覺他的語氣中帶有某種命令和威脅，問他可不可以還是在咖啡館，他仍然堅持著，我只好問他，我可不可以不去？為什麼？他問。我直截了當毫無

遮掩地回答他：害人之心不可有，防人之心不可無。

既然這樣的話，那就沒意思了，他說。

是的，那真的是沒意思了，我說。

我們從未見過面，還記得一次他說他在辦公室裡並不姓方，要我打電話時稱呼他別的姓氏，我問他為什麼？他說他有兩個父親。我不知道為什麼他有兩個父親，不過，我慶幸自己沒和他見面。

第九個男人

他認為人要成功須具備三大條件：一、資本；二、能力；三、機運。

第九個男人，非常高，他穿黑色西裝，頭髮抹油，乍看像原住民，皮膚黝黑，眉宇還頗清秀。

他的言談有些悲觀，神情稍帶靦腆，他說自己只是一名上班族，離事業成功還有好大一段距離。他認為人要成功須具備三大條件：一、資本；二、能力；三、機運，而他自思能力不足，更何況資金！他露出無可奈何的笑容並聳聳肩。之後，我發現他屢次做出一樣的表情和動作。

他二十八歲，任職一家眼鏡公司，和哥哥同住永和，他說還可以把哥哥介紹給我。哥哥離過婚，有個孩子，目前在開MTV，不過他也覺得把哥哥介紹給我是一件不公平的事，因為將來必須照顧孩子。我問他是否代哥徵婚？他笑稱不是。

他曾經交過一名女友，但女友結婚對象不是他，再加上事業無成，所以消沉了好一陣子，覺得人生空虛，最近才打算重新開始。

他問我會不會跳社交舞？他說他對跳舞有些興趣。當他聽說我曾經當過老師時，他感到很驚訝，「妳真的是老師？」他問了兩次。他還覺得我的條件很好，根本不怕嫁不出去。

他獨自叫了一瓶啤酒，上洗手間時，由於門很矮，他必須低頭走入。當我說明九點鐘必須離開時，他覺得時間太倉促了，他向我強調若不嫌棄可以做朋友，想去哪裡玩時找他出來。

站在昏暗的騎樓前，和他說再見，又再度看到他無可奈何的笑容，高高的背影，轉身面對他的摩托車。

第十個男人

我覺得他是這麼多對象中較為成熟穩重者，可能是因為他長得像一位我所認識的大陸劇作家高行健，所以我還算對他很有好感。

我準時地走入了Door's，酒吧裡一個客人也沒有，平日到這個時候，似乎總有一些外國人站在吧檯前喝酒，然而今天只有坐著看電視的服務生。七時五十五分我第二次走入，店裡仍然無人，他失約了。

他打電話來說抱歉，他去了南部，雖然提早一小時回台北，仍然遇上塞車，他趕到現場時已八時半，見不到我。我想約他另外的時間，他卻問我，今晚好嗎？

我在十一時十五分又回到Door's，他，果然如電話上說好的帶一本書——棋譜。我一時之間忘記他姓什麼（畢竟和我徵婚的人太多了）？冒昧地問他，是不是你打電話給我？

他笑容可掬，一見面就稱讚我很漂亮，並且強調我並不像我所說的年紀，他說：「很少看到這樣有氣質的女孩。」當他不斷地重複這些話時，我突然向他要了一根長壽菸抽了起來，以掩飾自己面對這些讚美竟然感到的緊張。我告訴他我長久以來一直為自己的外表感到自卑，然後企圖轉移話題。

他說我在報上刊登廣告很勇敢，他自己不敢做這種事，他還說十一時多還來赴約也很勇敢。他問我是不是很想結婚？我說是想結婚，不過我也知道自己

對婚姻還需要更多的了解。他說他明年七月結婚最合適，事業到時會進行穩當些。他和朋友合開公司做貿易，他說自己的缺點是花太多時間下棋。

他四十歲，離了婚，孩子已念高中，我覺得他是這麼多對象中較為成熟穩重者，可能是因為他長得像一位我所認識的大陸劇作家高行健，所以我對他還算有好感。

當我們起身離開座位時，店裡正在播放一首由英籍諧劇演員 Benny Hill 演唱的歌：《下次給我一個成熟的女人》。我會心而故意地欣賞了一會，他一直站在我身後，並不知道這首歌在我們之間形成的反諷。

當我們告別時，他說他會等我的電話，並希望我平安地回到家。他深情款款地問我：妳真的不需要我送妳回家嗎？

業餘棋士穿的是亮藍色的 Polo 襯衫、白色西裝、高跟皮鞋，我在往羅斯福路的路上迎面碰到他，容光煥發的他說以為我們所約的麥當勞在前方。

我們稍早在電話上約好去打桌球，是我的提議，他說也好。我們沿路找一個打桌球的地方，問了許多人，有人說只有台大學生活動中心有桌球場，但我覺得他有些遲疑，遂建議去下圍棋。

我坐上他的車，往郊區一家棋室去。他向我表示他不奢想可以和我結婚，做朋友就好了，他覺得他太老，與我不配。他並再三請我將未婚的理由說予他聽，我表示自己有極度怪異的性格，與人不易溝通，更有孤僻的傾向，對許多事很排斥。他說，難怪，否則像妳的條件怎麼可能到現在還未結婚？

我在對他描述自己時，彷彿覺得自己真的像自己所說的那麼孤僻，而感到觸目驚心，也許真實的我果然是這麼自閉，不過自己不知道罷了。

我們走入棋室時，一位上了年紀的太太對他說：好久沒來。他對我說，其實他每個週末都固定在這裡下棋。他要那位太太給他一間特別棋室下棋，說他要教我。婦人說，收學徒啊？我立刻點點頭，而他回說，是朋友。他似乎將我的出現引以為榮。

他非常詳細地向我解釋圍棋，諸如：何謂活棋和死棋，正眼與假眼等等，還有一句名言——金角銀邊草肚皮——要時時記牢。他說，只要我吃下一顆他的棋子，或我做活一邊，他都會給我三千元，但不知為什麼，我感到自己十分缺乏思考的耐心。

快七點時，我因必須去一個朋友家，而他家正離一所著名的教堂不遠，便

謊稱自己必須上教堂聽福音。他決定送我去，但他在車上告訴我，他認為我不太適合再上教堂聽福音，我真正需要的是多和朋友接觸。他還問我會不會跳舞，我答以不會，他非常驚訝，覺得我不像一般年輕人。他問我想學嗎？他可以教我我嗎？很奇特而且老式的邀約。

我在教堂前下了車，他問我，什麼時候再見？我說下星期五會打電話給他。他望著我說，太久了！我向他揮手說再見。

那個星期一是聖誕夜，出於一個好奇的念頭，我決定在聖誕夜打電話給他，想知道他在做什麼？我以為他會一個人在家，沒想到接電話的人並不是他，是一個成熟女人的聲音，她問我找誰，然後反應冷淡地放下電話；一段時間過去，他彷彿在睡夢中回答我，而且聲音變得客氣有禮，當我說：「沒事，再見。」他立刻謝謝我打電話來……

在這個突兀電話事件之後，我發現自己一點也不了解這個男人，我一直用自以為是的眼光在考慮他，我忽略他是個四十歲的男人，有一個四十年來堆砌的生活，我想我是不該打擾他的生活，這是個退出的時候了。

於是，我再也沒找過他。

第十一個男人

他不斷強調人不能做這類徵婚的嘗試，任何人絕對不會因此找到對象，而且我如果只是想徵婚，那麼他會讓我失望。

「妳為什麼這麼做？知不知道可能惹來殺身之禍？」這是他看到報上的啟事後打電話來的第一句話。

他說，人跟人相處不應該有目的，所以我為了結婚而徵婚，出發點便偏了。他比喻，結婚像吃飯，如果不是很餓就不必不擇食。他認為百分之九十的人打電話給我都心存不善，而我最好不要暴露自己真實的地址，以策安全。

他說他修佛二十年，有通靈的能力，並且可以給我「任何東西」，他還說：「可以給妳的東西，別人不一定可以給妳。」

與其說我被他的談話內容吸引，還不如說我對靈異之事有興趣。我約他中午在一家速食餐廳見面，他原先約我去台電公司，我故意提到聽說那裡風水不好（想知道他對風水的看法），他立刻回答：亂講，大家喜歡亂講，那棟建築只是高，氣流聚集，風大而已。

我問他既然不以徵婚為目的，為何打電話給我？他說他師父傳授他一些道理，現在師父過世了，所以他開始想「行道」，想幫助別人。他說，他一直有很多異性知己，她們甚至把一些不會告訴丈夫的事情都告訴他……我很冒昧地問他，和這些異性知己會不會有超友誼關係？他說不會。

他不斷強調人不能做這類徵婚的嘗試，任何人絕對不會因此找到對象，而且我如果只是想徵婚，那麼他會讓我失望，「我不會和妳結婚，但是我們可以做朋友。」

後來，他又表示，他已婚，妻子很漂亮，人很好，妻子精通紫微斗數，很會持家。

我問他對「做朋友」這件事有何定義？他說大概就是所謂的事業顧問吧！

問他會算命嗎？他說他是憑電流感應，覺得我曲高和寡，可是憑面相，我應該是老來運。關於他自己的命怎麼樣？他說，一般人都說不是好命，但他不覺得，只是他度過悲慘的童年、少年及青年，前一陣子自己做生意時還被人倒了好多次，後來幫別人做，現在比較順。他是替人勘察建築地的風水，因此常翻閱各報小廣告欄尋找土地出售人，才看到我的徵婚啟事。

談到「殺身之禍」，他認為可能性很大，台灣治安全世界第二差，他說，這種徵婚的事大可在國外做，在國內做極不安全。

他又問了一次我徵婚的動機是什麼？

我據實以告，是為了寫一本書，但也可以說是為了結婚，如果真的碰到適

合結婚的人，我會結婚。

他聽到這些話後，態度明顯地客氣起來，好像很尊敬我的樣子，臨走前，他希望我的書完成後能送他一本，還說，有空聊聊，可以滿足他的發表欲。

我一一答應了。

第十二個男人

「思想開放、活潑」是他對自己的評語。他認為結婚只是形式主義。

四十歲的他認為結婚太嚴肅了。他大學畢業，目前與朋友合夥做貿易，「思想開放、活潑」是他對自己的評語。他認為結婚只是形式主義，以前他有過結婚的念頭，後來他漸漸被單身愜意的生活吸引，況且不結婚才沒有後顧之憂。

然後他說：可以冒昧問一個問題嗎？

我說看看是什麼問題，不一定回答。

他問我是否體會過性生活的樂趣？如果沒有，他非常樂意提供服務，他還說曾經跟他接觸過的女人都很滿意。

我沒有回答，只問：「為什麼不找妓女？」他表示那是商業行為，毫無情趣可言。

然後我就不想再談下去了，我們只通過這次電話。

第十三個男人

他問我學歷幾許，我告訴他，他吐吐舌頭，然後便不再說話。

他說他五十年次，目前做餐廳業，初中畢業，他還加一句：學歷很低是不是？我約他星期一下午見面，問他外表如何辨認？他說人不怎麼好看，長得像澎恰恰。

大約地談了幾句以後，我請他到永康街的公園走走，他爽快答應了。

我們坐在石桌石椅前面談，那天下午有風也有陽光，幾個孩子圍著我們玩躲貓貓，還有兩個小女孩坐在另外一組石桌石椅前玩家家酒，她們玩得那麼專心，根本不曾注意到我們的存在。

他原來在酒廊上班，當經理，每天傍晚，他必須動腦筋找一些「朋友」來喝酒，盡量勸酒，這樣，他才可以跟酒店分紅，這便是他的工作。

他說他是南部人，對台北人生地不熟，再加上長期寄人籬下，飄泊不定，才想結婚。

他問我學歷幾許，我告訴他，他吐吐舌頭，然後便不再說話。

後來也不怎麼說話，我們走出公園時，他說他要去打電動玩具，並未邀我一起去。

我離開他時發現，自己突然覺得很輕鬆，可能跟他在一起時，必須找話

說，所以有些緊張，我回頭一想，他也許也有一樣的感覺？

徵婚真不是好玩的事。

第十四個男人

他還問我為什麼不考慮在電視上打徵婚廣告，效果更宏大？我說電視廣告費用很高，他認為多花一點錢能完成終身大事很值得。

他說他不是奸商。

他做建築業，也在大陸搞成衣生意。四十歲了，不做一點事會對不起自己，他這麼說。

已離婚但尚未辦妥離婚手續。

為什麼恨妻子？因為她不喜歡小孩，根本不照顧他們，還有很多原因……。他問我，是不是天底下的女人都這樣？他常常勸同事最好不要陪女人逛百貨公司，她們可以走五個鐘頭為了買一件衣服。妳呢？他問我。

我不喜歡買衣服，我說。

時下許多人對婚姻抱有「招之即來，揮之即去」的態度，他問我是否有同樣的想法？我不知道應怎麼回答，問他是不是想再婚？他說他沒有刻意去找對象，找對象本來也不容易，他是寧缺勿濫，連朋友都懶得新交，三年來只交過一個朋友。他還說，以前認識的朋友，有人競選縣長、立法委員，當選後對人的態度很不一致，令他寒心。

和妻子分離之後，這幾年的生活像獨行俠，快樂的時間很多，以前步步遷就別人，現在只需面對自己及孩子。他什麼都不怕，最怕人，寂寞時就去釣魚

或買書來看，或者一個人在深夜時開車到深山裡，找個空地躺下來，「享受那份孤獨的感覺。」

他問我脾氣是不是很倔強？我說不至於，我不喜歡勉強。他卻說，女人都說不勉強，但到最後總是勉強。「你好像很了解女人？」我問，他說他一點也不了解女人，否則今天不會還在徵婚。

這是我們第一次談話，他留下電話號碼給我，因他朋友來訪，所以談話匆匆結束。

第二次談話，他告訴我，記日記記了三十年，突然不敢再寫下去，生活裡重複的事情太多，譬如他對朋友講義氣，有時造成一些無謂的困擾，令父母不諒解。至於感情的事，他不想重蹈覆轍，也勸我不要為了結婚而結婚，他說愈能讓人動心的人，你愈不能了解他的缺點，而且戀愛的人總是瘋狂盲目。如果妳不這麼認為，那是因為妳沒有這種經驗，沒談過戀愛，他說。

是嗎？我回答。那次我們談了八個鐘頭。

很多時候談我自己，我把自己說成一個極端內向的女人，彷彿我自己是因為這個原因才至今未婚，說得連自己都幾乎相信了。是嗎？

他說他是台南人，問他國語為什麼講這麼好？他挑我的語病，認為應該說：有外省口音的北平話，否則若在國外，問外國人會不會說「國語」就奇怪了。我一時忘了告訴他，其實他說的不是外省口音的北平話，而是有本省口音的普通話，我也一樣。

徵婚啟事寫得這麼好，怎麼落魄到去登報徵婚？這是他對我的感覺。他還問我為什麼不考慮在電視上打徵婚廣告，效果更宏大？我說電視廣告費用很高，他認為多花一點錢能完成終身大事很值得。

從我的言談，他判斷我很難找到合適的對象，但如果真的遇到了解我的人，兩人會過得很幸福。談到他，他說自己是典型台灣人，對家庭責任感很重，是一個傳統的人，現代女人不太會接受這種思想，況且他愛孩子如命，連前妻都起嫉妒。這幾年是交過女朋友，但是他覺得不適合，不想誤人誤己，感情的事不容易，雖然，這麼多年他一直想過的是平靜而美滿的家庭生活。

我鼓勵他：「你一定找得到……」他打斷我的祝福，他說他才不要去找，去找就會失望，他問我怎麼找？我說：「那就等吧！」也不是等，那是什麼呢？我問。他沒有回答。

對感情，他是宿命論，得之我幸，不得我命，但對生命他是樂觀的。有一次他開車去高雄，快抵達岡山時，天色已晚，他看到一排排房子的燈陸陸續續點亮，他當下很感動，因為對他來說，那些燈象徵幸福的家庭，而這世界上幸福的家庭仍然到處都是。

這次談話讓我發現他是一個誠懇但矛盾的人，而且，太浪漫了。他打了數次電話，每次在電話留言機上留言，聲音裡彷彿都有些尷尬。我們第一次見面時，他說我比電話上的聲音年輕，又說我走路太快，很少女人走路這麼快，我才意識到原來我想「快」一點結束這個約會。我不能解釋原因，就像我們在川菜館裡吃飯時，他一直想談我，被我中斷，他說我很會逃避。我在逃避什麼？逃避徵婚這件事，還是逃避他，或者逃避自己呢？

我作了一個夢：我抱著一些衣服走到橋邊，是一座繩索編成的小橋，我仰頭望，覺得上橋還不如涉水快。我告訴他這個夢，而他要我解夢找明牌，一起合作買六合彩。我開始對徵婚這件事有點不耐煩，我為什麼要不停地向不同的人暴露某一部分的我呢？

我是不是認為需要徵婚的人一定孤僻，有些嫁不出去的道理？我為什麼不

願意承認自己是徵婚人？當我對與我徵婚的人形容自己時，我常有描述另外一個人的感覺，但偶爾我也混淆了，我相信我所說的那個人也有某部分像自己。

我不想與他常常見面，覺得似乎談過那麼多話，可談的都談完了。

第十五個男人

他說他務必要我快一點確定，因為他要出國，確定後，如果要和他在一起，可以一起出國。

三十出頭的他，未婚。

這幾年來因一直在國外忙事業，所以沒有機會結婚。

他表示，平常他絕不會看報紙的小廣告，最近因想刊登廣告才注意到我的徵婚啟事。他說：打開天窗說亮話──妳會不會需要錢？

我稍後才知道他是想確定我是不是妓女？這是不是色情廣告？而當時我只是誠實地告訴他：不，我不需要錢。

我立刻注意到一件事：他的口才便給。他在電話上的談話使我很感興趣，本來想在那裡置產；又，他是一家公司負責人，從不去接觸自己的雇員，但暗戀他的女人很多。

不過我幾乎聽不出他是否在吹噓？譬如他說他經年去德國，

然後，他提到曾經深深愛戀過的女孩去年逝世了，這件事讓他差一點崩潰，好長一段時間藉酗酒度日，後來戒了酒，以忙碌工作來忘掉對她的懷念。

他說我又讓他想到她。

他約我於上班時間在某飯店的大廳見面，我因記錯時間而遲到了半個小時。飯店裡有一些日本人或者美國人，我聽見自己的高跟鞋踏在走道的聲音，

覺得和他見面這件事似乎有一絲不真實。

他在電話答錄機上留言：妳遲到了，真受不了。

然後隔一天，我們在同一家大飯店的大廳見面。他的外表並未引起我的好感，他說他知道一個好地方可以去，我看著他說：好啊！我們去。他走進電梯，我跟著他，突然有點害怕，電梯一直上升，我覺得這一切只是個陷阱。到了十二樓，我盤算，如果他要關室而談，無論如何我連門都不要進去。他走到走道轉角邊的一處沙發，對我說：怎麼樣？這個地方談話很適合吧？我用幾乎聽不到的微弱聲音回答：是。便坐在他對面的沙發上。

他問我為什麼坐對面？我很坦白：坐遠一點比較好。他再三堅持我坐他旁邊，我不願意。他坐在沙發上的坐姿像個暴發戶董事長，他開始說話，他要找的是一位適合他，並且可以馬上和他在一起的女孩，他問我可不可以「馬上」和他在一起？我看著他，並沒有直截了當說實話，我說我還不認識他，不會那麼快決定。

那是一個謊話。因為坐在沙發的當時感覺很不好，我知道自己一點也不喜歡他，但我沒有很快拒絕他，這是我的壞習慣，我不喜歡說不，不懂得如何拒

絕別人。我對他說：我要回家了，我會考慮他的問題。他陪我離開那裡。在電梯內，他問我要用多少的時間考慮？我說：不知道。他要我確定一個日期，我說：兩天。

還不到隔天，他又打電話來，他說他務必要我快一點確定，因為他要出國，確定後，如果要和他在一起，可以一起出國。他自信而咄咄逼人的口吻突然使我得到勇氣脫口而出：不必考慮了，對不起，我覺得我們一點也不適合。

他停頓了一下，什麼都沒說，就把電話掛上了。

第十六個男人

他在電話上說他不要結婚，只要交友。

我立刻告訴他，我只想結婚，不要「交友」。

他三十餘歲，已婚，有兩個孩子，自稱人長得體面。

他在電話上說他不要結婚，只要交友。

我立刻告訴他，我只想結婚，不要「交友」。他問我難道結婚前不要先交朋友嗎？那要看交朋友是什麼意思？我問他。

談談心，彼此感覺不錯就可以進一步交往，他回答得不假思索。但是進一步交往又是什麼意思呢？我要確定我們對交友的想法是否一致呀！

他表示，他的想法不是很保守，有時候視情況可以有男女親密關係。我說：喔！你是指性方面？他說這很正常，沒什麼好大驚小怪，每個人都會有需要。

你是在找性伴侶？我問。是的，可以這麼說，他回答。那為什麼不去找妓女呢？他說常常去找也很貴，而且衛生堪慮。我說：你想找免費的性伴侶？不是免費，有時會送戒指、項鍊什麼的。他連細節都想到了。

我告訴他，我認為他的想法很無聊。他說這是事實，不是無聊，他以前並沒有認真去尋找一個對象，最近準備開始找，因為「有經驗就會很想要」。那你妻子呢？妻子的洞口比較小，配合上有問題，而且他喜歡不同的性愛感受。

有人可以接受這種想法嗎？有的，有些女人和我在一起就很癢，受不了，叫床叫得很大聲……

我打斷他：請不要愈講愈低俗。他說這不是低俗，是人之常情。

我突然感到受侮辱而生氣起來，便掛斷電話，之後當然與他失去聯絡。我不知道為什麼覺得受羞辱，可能我生氣是因為他不尊重女性，男女交往只為了性，還是大男人主義，這一點令我反感。

然而這是他的想法，我又為什麼要生氣呢？而且為什麼覺得被羞辱呢？他並未勉強我或要求我做任何事啊！

第十七個男人

· · · ◆ · · ·

說，結了婚自然就可以定居。

不定居怎麼可能論及婚事呢？我換個話題。他則

第十七個男人講普通話有廣東口音，是新加坡人，四十歲。

按照他的講法，他在美國受過高等教育，目前和朋友合夥做生意，聽起來滿大的企業。他的談吐中肯，頗有老實人的口吻。他說他結過婚，但感情不睦又離了婚，這些年在台灣及新加坡來來去去，從未定居，所以感情一事一直擱淺。曾經有人介紹「小丫頭」給他，但他認為思想差太多，將來生活會出問題，況且這些小女生開始認識時都很「乖」，慢慢心態就改變了，他有一個朋友就吃過這種虧。

朋友是跟一個比他小十五歲的原住民女孩結婚，婚後，年輕的妻子將錢花在服飾、打扮上，懶得做家事，天天打麻將，輸贏數十萬，他的朋友吃不消，沒三年就離婚了。

不定居怎麼可能論及婚事呢？我換個話題。他則說，結了婚自然就可以定居。他認為新加坡治安好，但台灣比較熱鬧，譬如有很多KTV，這是他最喜歡去的地方，他還說他很會唱國語老歌。「您呢？」他問。

噢，對不起，我一點也不會唱歌，我說。「台灣人不是都很會唱歌嗎？」他又問了一句。「是嗎？我沒有發現。」我回答。

除此之外，我們幾乎找不到別的話題，他什麼也沒問，我也只好沉默，我聽到自己客套地說：過幾天再聯絡吧！便結束了與第十七個男人的談話。

第十八個男人

他其實還是英俊，只是眉宇之間有一股說不出的鬱悶，這令我感到不自在。

他說他是典型的四川人。

豪爽、隨和、眷村長大、空軍退伍，以上是他的自我形容。

他還說自己因為個性上的障礙，所以工作無法持續，常常吃虧，不停地在換工作。

我們談了一些交友的問題，大部分是他在說，覺得他對朋友很依賴，不過，這只是他的話給我的印象。

對他的第二印象：他似乎過於耽溺及緬懷青春，連收音機都要愈老愈好，音質破裂也沒關係。這個特質與我有些相像。他說自己以前很帥，走在路上很多女生會回頭看他，現在老了，不但沒人看他，「以前我不要的，現在也得不到了」。

他這番話令我想起一個童話故事：一個孩子遇見仙女，仙女帶他到一條鋪滿石頭的小路口，說在路上只有一塊石頭屬於他，但小路只能走過不能回頭。孩子很高興地去了，他發現這些石頭都是光彩眩目的寶石，於是他想找一顆最大的。起初，他找了一顆大寶石，高興地拾起它，但走了幾步又發現更大的，他遲疑了，心想也許更遠的地方還有更大的寶石，便丟掉手上的那顆。他不停

走不停換，卻發現寶石愈來愈小了，終於，他什麼也沒得到便走到小路的盡頭。

「可是，我還沒走到盡頭啊！」他說。

空軍退伍的他說自己雖然很聰明，但日子過得苦，平常賺錢就不多，必須一毛一分地節省，何況目前時局不佳，不容易發展，除非有貴人相助。比方說，他前幾年碰到一位美國回來的華僑就很有錢，本來要拿錢出來一起做生意，但是朋友的父母反對，事情才告吹，好可惜。

他問我可不可以幫助他？因為我曾經出過國，「對外面比較熟」，可以一起去闖天下。我說在國外住必須先練習語文，他說那是次要的條件，主要是必須有一技之長，而他有一技之長，他會修電機。

「可是我沒有一技之長。」我表示。沒關係，他說他可以教我。

「不，我笨手笨腳學不會。」他似乎聽出來我的拒絕，然而一點也不氣餒。

我們見了一面。他其實還是英俊，只是眉宇之間有一股說不出的鬱悶，這令我感到不自在。事實上我有點怕再看他，我不但無法了解他的鬱悶，而且他的存在提醒我：我是不是也失去了生命中最可貴的寶石？

然而，我們的確都還未走到人生之路的盡頭。

第十九個男人

····💧····

過了十分鐘，我才明白他並非外國人，而是「在國外長大，比較習慣說英文」。

Want to find a woman with whom I can really talk to…

他半夜一點三十分打電話來，說的都是英文。我在睡夢中知道，他要徵婚，他說白天找不到我，所以晚上打電話。

過了十分鐘，我才明白他並非外國人，而是「在國外長大，比較習慣說英文」。他也會講中文（跟中國人一樣），約四十餘歲，旅美學者，研究的是我所茫然的科學，因為多年來專心於研究，迄今未婚，但得過許多學位。

父母在美國大學教書，家教非常嚴格，他曾經在多年前與一女子論及婚嫁，但遭到父親反對，是 family tragedy，他說。然後呢？難道都不曾與任何女性交往嗎？當然認識一些，都是泛泛之交，因為他還是深愛那位無法與他成婚的女孩，所以逐漸逃避在忙碌的工作中，過著清教徒般的生活。

關於婚姻，他說，他的態度很認真，我的徵婚啟事是他的學生告知他的，也就是說，他的學生比他對自己的婚姻還著急。他說人際關係是一種運轉，不過他不喜歡變來變去，像萬花筒般做排列⋯⋯他問我是不是想結婚想很久了？

我說是啊！最近一、二年特別嚴重。

他還說，男女交往是一個碰撞的過程，過一陣子才會有清晰的答案。我問

他喜歡什麼樣的女性。他用英文說：聰明、活潑、善解人意。另外一方面他非常注意重身材，不是很注意外表。

習慣用美語溝通的學者大半都在談他自己，他一直強調自己在美國時孤寂清閒的生活，一個人住在一棟七、八個房間的洋房，平常偶爾去實驗室做研究，大部分在家裡看電視，十幾年沒碰過女人。

可能是因為他對生活的形容讓我覺得似乎有那麼一點不真實，或不正常，我終於忍不住問他一個非常不禮貌的問題，我想在倉促的時間內，只有這方面的問題才能進一步了解他。我的問題十分挑釁：那麼多年沒碰過女人，性生活怎麼辦？

他絲毫不以為忤，這一點也令我些許訝異，因為我冒犯的問題多半來自對他話語的不信任。他說性方面，他都試著自己做，在佛州，他買過一個人體娃娃，他說在美國這種事很流行。

我發現自己逐漸被他的談話吸引，但究竟是我對人的弱點感到同情，或者我也有某種程度的窺視狂？這些現在都無法釐清了，畢竟當一個人對另外一個人暴露了自己的弱點後，這便帶給對方多少一些祕密的權力。就像我剛才做

的，我把事情寫下來，雖然別人不知道我所描寫的對象究竟是誰，也許他才可能看出一些自己留下的痕跡，即便如此，如果他還是覺得我侵犯了他的隱私權呢？

我不知道，我因考慮涉及隱私的困擾，而決定不再與他聯絡，當然我也考慮過不會和他結婚。

第十九名男人，我只知道他的英文名字，我們從未見過面，只通過三次電話。

第二十個男人

他說要給我一些金玉良言：結婚可不能冒險，萬一生下小孩，對方不負責，會造成對自己更大的傷害。

三十餘歲的他，喜歡踏實、安全的感覺。

學歷，高中畢業吧！他說。我問為什麼「吧」？因為不是很惹眼的條件，他回稱，在公家機關做事，是想結婚。

高中畢業就高中畢業嘛！我說，他則答：「是我在徵婚！」我當下弄不清楚是誰在徵誰的婚？問他徵婚可有條件？他說是健康狀況，健康最重要，他覺得。然後突然表示，平常在同事面前有說有笑，很會講笑話，今天卻不知怎地辭窮？

談談對婚姻的看法吧！我建議。婚姻，婚姻是要抱三分運氣走進去，唉！婚姻，沒結婚的人想鑽進去，結過婚的人想出來。他還認為回答我的問題有點像參加高普考，令他緊張。

他說以前「是有交到女友」，但失敗不合，也是緣分不夠，年輕時總是比較不成熟，現在快四十歲了，是不是太老？這輩子不知道能不能有個孩子？他認為現代社會壓力大，人需要帶帶孩子，舒一口氣，他因為沒有孩子，所以養了許多小狗，如馬爾濟斯、約克夏、博美等名種狗，也算是副業。

平常他喜歡和別人講講話，他的嗜好是朗誦，有時候無聊便拿出書本念，

跟唱歌一樣，也像佛教念念有詞，「讓一口氣出來。」如果還不過癮，就高歌兩曲。他說，小毛病，不要介意。

他問了一些關於我的細節，我一一據實以答。他說每個人其實都有多面性格，要互相了解也不是那麼容易。他問我想結婚何不找人介紹，為什麼一定要登報公諸於世？我說不認識什麼人可以介紹丈夫給我。他不再接話，問我喜歡不喜歡看電影？當然喜歡，我回答。又問「都是和誰去看電影？」我說大部分都是自己一個人去看電影，他則感慨連連：一個人去看電影會令人覺得受遺棄。我問他是不是從未徵過婚？他說試過一次，令他非常嘔氣，那是婚姻介紹所，介紹費五百元，替他約了一個女人出去走走，還沒走走，看到雜貨店，那女人便要進去買東西，買了一、二千元的奶粉，又說沒帶錢，他轉身就出，他說那女人「硬要他付」，有受騙的感覺，所以一走出雜貨店，要他先替她出，連再見也沒說。

他又再一次提到，同事都覺得他幽默，而跟我就不行。他雖對我有「滿能交朋友」的感覺，可是他又覺得我冒險犯難的精神很大，「適合在蒙古時代做

女勇士。」他說要給我一些金玉良言：結婚可不能冒險，萬一生下小孩，對方不負責，會造成對自己更大的傷害。他認為我對婚姻不夠了解，對人生也不夠澈悟。

他說每個人都想有個家，但很少人知道家是什麼？家是寶蓋頭加隻豬（豕），所以他不敢貿然成家，更何況他考慮事情必須面面俱到，想一件事情可以想五年。

最後，他說面對我，他是個應考生，並問我是否順利通過考試？我說他只是口試通過，學科跟術科都還沒考呢！

其實徵婚才不是考試，徵婚只是徵婚，我還這麼告訴他。

第二十一個男人

他永遠不知道，曾經有一天，我在這世界上的某個角落看過他，而且非常害怕他認出我。

他將近四十，離婚七年，是名樂師。

喔，音樂家，我說。他說只是樂匠，是製造聲音的人。

我不能確定他是誰，也許是一位穿花襯衫、米色長褲的男人。他在台上彈琴，他並不知道曾經和他通過電話的我也來到現場。

他說他和前妻個性不合，而且前妻喜歡打牌，沒辦法管她，協議離婚後，他開始深深後悔，但也是命。

前妻留下兩個女兒給他，大女兒讀國中，小女兒讀國小。問他前妻為什麼不要孩子？他說那女人並不愛小孩，而且恐怕再婚不易。

他身材略胖，彈琴時很專心，有人將點唱紙條遞給他時，他會看一下，然後一面翻樂譜，一面造出職業需要的笑容。

他生在北投，住在北投，家庭三代「做樂隊」，平常多在餐廳演奏，貝斯、電子琴都在行。他說生活是忙碌而現實的，白天在錄音室工作，替歌星錄製唱片，做台語唱片比較多，如洪榮宏與葉啟田，晚上則在餐廳演奏，從早要忙到很晚，連孩子都沒時間照顧。

我想沒錯，應該是他。他在休息時間下了台，跟其他樂師有說有笑，然後

我看到一個穿著入時的女人招呼他，他們一起走出我的視線範圍。

他認為自己的條件並不好，因為已離過婚，而且個性傾向揮霍，賺多少便花多少，喜歡買東西，譬如買了許多大型樂器，因此積蓄不多，不過，他有房子，日子還算過得去。他沒什麼嗜好，除了釣魚、照相以及偶爾玩玩電動玩具。

他理想的結婚對象，要對兩個孩子沒有排斥感，能分工合作，還要有緣。

他說，離婚之後，他斷斷續續、並不認真地交過一些女友，他也說近年來喜歡與男性朋友交往，和他們一起研究佛學禪理、喝喝茶，他說和同性朋友容易談得來，偶爾，他甚至有皈依的念頭，因為「跟女人在一起扯不清」。

我記得那位穿著入時的女人，但我沒追問他任何事。

我說既然有皈依的念頭，怎麼又想結婚呢？他只是說自己想得很開，想看看與我有無緣分，他做人的原則是不騙人，能交個朋友最好，不能的話也留個祝福。

他提到一家寵物店介紹天竺鼠給他養，老闆說得天花亂墜使他心動，但養老鼠真的無聊又麻煩，他從此不再去那家店，老鼠也慢慢死了。

他永遠不知道，曾經有一天，我在這世界上的某個角落看過他，而且非常害怕他認出我。

他問我是否要再聯絡？我說他可以打電話給我。但他並未如此做，我也不曾去問他究竟為什麼。

第二十二個男人

「妳喜歡什麼樣的男孩？」他三次問我同樣的問題，似乎有些健忘，我原封不動地回答他：聊得來、穩重、有責任心及幽默感。

他的嗜好是開車兜風。

他穿黑色長大衣，是徵婚人中最年輕的一位。在電話上，曾婉轉地告訴他，年紀差太多了，並不適合，他卻堅持自己看起來很成熟，一定要見個面。

我們第一次約在新生南路與信義路口，那天風很大，冬季下午的冷風，我站在路口十分鐘，他沒來。我有一點受騙的感覺，也有一點無所謂。

第二次見面在復興北路。他白白淨淨一張臉，講話似乎怕自己講錯似的，那麼緩慢。我慢慢發現他有些口吃，表達能力不很好。

走在復興北路上，找一家咖啡館，那時下著微雨，他打開他手上的傘為我遮雨，我覺得尷尬，便建議走騎樓，碰巧遇見一位好久不見的朋友，我站在騎樓下和朋友說話，他有意站遠好幾步。我察覺自己並不樂意將他介紹給我的朋友，還擔心別人會產生其他的聯想，我甚至想與他告別，到朋友家去聊天，但還好我並未如此做。

我們坐在一家蜜蜂咖啡屋，應該是全台北市最後一家蜜蜂咖啡屋吧！喝咖啡，他在10℃的下午喝冰咖啡，垂首無語。我只好問他一些問題，譬如為什麼想結婚，以及是否交過女友？他說是交過女朋友，但「環境的因素無法和對方

結合」。而後來他又改口說交過數個女友，但都不曾愛對方。

我們就那樣斜對面坐著。他說他喜歡比他年長的女性，因為年紀大一點的女性比較成熟。我問他是否有戀母情結？他一臉愕然，隨即又說，認識一位和我年紀相仿的女人，但她卻十分幼稚。他提到他的家世，父親是高級警官，對他交往的對象很挑剔。

「妳喜歡什麼樣的男孩？」他三次問我同樣的問題，似乎有些健忘，我原封不動地回答他：聊得來、穩重、有責任心及幽默感。

他說這幾個條件中，他只缺乏幽默感，我說那很可借。他又低頭了，他低頭的樣子像小孩，那種祖母會疼愛的小男孩，我注意到他手上有兩處傷口未癒，突然有點同情他。我說他需要的是談戀愛，而我要的是一個可以結婚的人。

我告辭時，他沒看我，只說：再坐一下。我「坐了一下」，才離開那裡，那時是下午七點。那天晚上十一點鐘，他又撥電話來，問可否來我住的地方？他想看看裝潢，他說看裝潢可以知道一個人的個性，又問我要不要去他服務的公司當展示小姐？我一一拒絕，只留下一句話給他：祝你好運。

第二十三個男人

我自己有時候也不快樂，但是他的憂鬱中似乎含有太多的自虐。但我到底了解他多少呢？

他是天蠍座，喜歡喝茶。

我走進談話頭餐廳時，他正在喝他所宣稱難喝的紅茶，我向他說對不起遲到並且可能還會早退時，他的表情不由自主地改變了。

星期天下午的約會是聯絡了七、八次電話之後才訂下的，因為他非常忙，同時做兩份工作，每天只睡四小時，工作那麼多的原因是因為不願意想太多。

不願意想太多的原因是因為和女友吵翻了。對方家庭子女眾多，口舌紛雜，常有糾紛。而他自己家庭關係也不和諧，父親剛去世，母親的喪禮也是去年才辦完，他開始覺得人生乏味，把許多時間拿去上班，週末則去釣魚。赴約之前，他一大早去釣魚中心釣了十個小時的魚。

魚呢？我問。

是釣了不少魚，都還給釣魚中心。他說他不喜歡吃魚，因為魚刺太多，麻煩，釣魚只是打發時間。

也許他發現我對他做兩份工作這件事反應十分驚訝，他又補充說明原因：趁年輕時多賺一些錢，老來才不會沒飯吃。他還說如果我們開始交往，他願意辭去一份工作。他不明白，其實讓我驚訝的原因只是他可以做兩份工作，我自

己又懶又恨打卡，我一份工作也做不了。

然後，他提起他的房子、錢。我們各自吃一碗牛肉麵，我發現自己也沉重起來，好像試圖在抵抗他的情緒感染，或者說，在努力排斥如此的生命情調？我至今不清楚，自己究竟不喜歡他血色太黑的嘴唇還是無法自拔的憂鬱症。我自己有時候也不快樂，但是他的憂鬱中似乎含有太多的自虐。但我到底了解他多少呢？他是不是真的想和我結婚呢？這些我真的都不知道。

他成為星期天下午約會的一名徵婚男子，之後，也許他又回到他的釣魚世界，而我，我也回到我小小的無謂的生活。

第二十四個男人

．．．▲．．．

怎麼樣才算會持家呢？我問。他說持家就是每天做飯、洗衣。我不服氣地加上一句：那不是跟請個傭人一樣嗎？他又愣了一下才說：「我偶爾也會幫忙呀！」

面貌不清，字體扭曲。這是我對他全部的印象。

我刊登了三次徵婚啟事。他三次都來應徵，同一個男人的聲音，同一種語調，他總是先說要寄他的資料給我，要我的住址，我給他一樣的地址、姓名，他還是每次寄來：吳小姐收。裡面總是只一張應徵工作的簡歷表格及一張身分證的複印。

仔細看他三張履歷表，我發現年齡竟然都不一樣，先是三十五歲左右，再說三十六左右，最後一封寫三十八歲。至於學歷則是高專職科土木建築畢業（？），曾任職務是營造助理工程師、土木繪圖、測量繪圖等等。我完全不明白他到底在做什麼？

他的字跡扭曲難以分辨，在「曾任職務欄」中，他填寫：正職、負責、上進、有房蓄、立業有成、無不良嗜好、人品端正、穩重善良、誠婚盼緣。最後一律加上一句：如電話偶不通勿疑之，請另信函告知，盼妳回信。最有趣的是，他在「希望待遇欄」下寫：不供膳。

我按照他所填寫的電話號碼撥電話給他，是一位講閩南語的老太太接電話，她說她是他母親，有蝦米代誌都可以告訴她，又問我是不是看報紙的？

（我說不是。）叫我晚一點再找他，因為他下班回家時都會遇到塞車，八、九點鐘才到家。「來坐啦！」她掛上電話前這麼說。

我終於找到他。他接電話時不出聲，我「喂，喂，喂」了好久，他才冒出：找誰？我問他是不是想徵婚，他才以和緩的語氣回答：是啊！想找哪一類的對象呢？他想了一下，才說他是很坦白的人，不會太挑剔，一個會持家的女人就好了。

怎麼樣才算會持家呢？我問。他說持家就是每天做飯、洗衣。我不服氣地加上一句：那不是跟請個傭人一樣嗎？他又愣了一下才說：「我偶爾也會幫忙呀！」

他說，現代社會變遷太快，而他自己卻是一個守舊、傳統的人，他希望未來的結婚伴侶穩重、成熟、有女人味、對人生有「正確的觀念」，換句話說就是要能「嫁雞隨雞」，並且不能摒棄保守主義的優點。

另外，他說自己事業雖然有成，但孑然一身，所以和母親一樣篤信佛教。

此外，結婚後他的妻子必須能和婆婆同住，最理想是妻子出去工作，這樣婆媳之間比較好溝通。他在談話中好幾次說自己不肖，因為不能成婚，過年過節，

母親提到他就掉淚。

他以前「是有碰過一些女孩」，但是一方面以前自己太挑剔了，另一方面因為太內向，所以常被人甩掉，算是「自己害自己」。還有，他認為自己不英俊、瀟灑，也是到了中年還未結婚的一個原因。

平常，他下了班就回家看看錄影帶、聽聽音樂，偶爾假日就獨自出去逛街、看電影。他說他很少交往朋友，因為他怕觸景傷情，大家都有賢內助和孩子，而他卻什麼也沒有。什麼也沒有。

他說人要養孩子，這樣對「社會才有貢獻」，如果不養孩子，老後會孤苦伶仃，更糟糕的是將來沒有人替你料理後事。

我實在不同意他的「正確人生觀」，就對他說，他要找的一定不是我這種人，我不合適。「妳已經過了三十歲，很合適啊！」他說，三十歲的女人都很穩重、成熟。可是我不會做家事，而且和他生活必須負太多責任了，我說。

他並未真的明瞭我的意思，他急著想結婚，又始終找不到對象，日子似乎漫長、無聊而無止境，怎麼辦呢？我一分鐘也不想和他一起活下去。

第二十五個男人

他說他一生是在還未婚之妻的債，才會對很多人一見鍾情、念念不忘卻一直無法結婚，痛苦了四十多年。

他大約六十多歲，多愁善感。

他說他是軍人，以前一直在國外當武官，住過美國、歐洲及非洲，因為結婚要上級認可，所以一直耽誤至今，最近覺得自己沒有老伴，很憂鬱，想找一位溫柔、體貼的姑娘，把家交給她。

雖然他認識很多外國女人，但是他不會跟她們結婚，因為外國女人「朝三暮四，非常現實，如果有病痛，她們根本不肯照顧。」「台灣人也很難搞，以前喜歡嫁軍人，現在不一樣了，很麻煩。」他說他想找個內地人。

他說他沒有任何嗜好，不打牌、不喝酒、不抽菸、不跳舞，一個人住一棟非常大的房子，生活十分孤單。

冒昧講這麼多，得罪妳了嗎？他問，還說他看起來不到五十歲，我可以考慮合不合適。我直接地表示年齡相差懸殊，我不想考慮。「那不一定哦！」他說：「老少配最合適。」我問他那麼多年一直獨身，為什麼反而老年想結婚？

他還順便告訴我，檢查他身體的護士很年輕，二十多歲呢！一直看他，對他有意思。我問他怎麼知道護士對他有意思？也許她只是好奇打量他而已。他

立刻說我根本不懂，「因為女孩看人，眼睛會說話。」

聽他這麼說，我便不再發表意見。

他說他的命好，跟先總統一樣，前頭大、額高，是奇相。小時候在江蘇看相，人說有成就，應該去讀書，將來是相爵，一生逢凶化吉，不過會剋死自己的親人。果然，兩年後，他八歲那年去西湖玩，孿生兄弟溺水，而他卻不能救他。

其實剋死的不只是弟弟，還有他未曾謀面的未婚妻。他說他一生是在還未婚之妻的債，才會對很多人一見鍾情、念念不忘卻一直無法結婚，痛苦了四十多年。

事情發生是在民國三十八年，國軍從上海撤退，他先到了台灣，他的未婚妻買不到票，只好坐下一艘船，但他到基隆望穿秋水，接了空，船沉入海底了。那女生是上海人，在照片上顯得非常漂亮，母親替他做媒訂婚，他說，她在中央銀行做事，會繡繡花枕頭，那一次天人永隔使他兩個月沒說過話，被送到台大醫院去做心理治療。

他曾經因內疚而想出家當和尚，被人勸阻，深深的失落感一直伴隨著他，

所以早年他一直逃避婚姻。

後來，他被保送到美國西點軍校，以第二名畢業。在國外，因為社會風氣開放，他曾經和一些外國女人同居，但他覺得那些女人沒感情，一味追求感官快樂。譬如在法國時，在凡爾賽林，一些女人常常什麼衣服也不穿，披一件獸皮大衣，站在路邊找對象，跟她們不必打招呼也不需互通姓名便可以玩一玩，甚至在大庭廣眾下性交。

我遲疑了，不知道該不該告訴他自己在巴黎住過七年，他所描述的凡爾賽林與事實有些出入？但這重要嗎？或者我在想，什麼是重要的呢？他似乎對發表看法這件事遠比對了解我有興趣得多，他甚至記不得我的姓名，我為什麼要向他談到自己呢？

他並不知道我的遲疑，不停地談自己的過去，還做了一個結論：每個人都需要愛情，他也不例外，而愈得不到就愈想要。他說，愈聰明的人容易談愛情，但愈聰明的人也愈寂寞……

我問他官做那麼高，房子也那麼大，為什麼結婚那麼難？從來沒遇過什麼對象嗎？

他說對象當然有，以前認識一位女人，後來才知道她是通緝犯，他愛過她，還幫她出國，替她還債，但是那位女人一直無法回國，後來她在國外成婚了。

還有，最近國內一位知名的將軍也要為他撮合婚姻，介紹自己的姊姊給他。將軍的姊姊四十餘歲，離過婚，喜歡抽菸、打牌，而他卻只愛郊遊與兜風，興趣完全不同。他形容得很直接：娶一個打牌的老婆，三、四天打牌不回家，一個人睡覺有什麼意思？

他同時提起另一位將級人士的家庭醜聞……

我認為他所敘述的任何事情都十分瑣碎而平凡，但也許這正是我對他的好奇吧？我總不能夠在每個時刻去想生活或生命到底有何意義吧？

但也許我並不喜歡平凡而瑣碎的人？

第二十六個男人

他一定認為我的打扮太怪異，才不願出面與我相認。

他說他是一個事業心很強的人。

以前在一家著名的酒店當經理，最近自己創業，弟、妹都已完婚，只剩一個母親需要照顧。

出來見個面好嗎？他問。

我們約好兩點半在紫藤廬，當我下午兩點四十五分趕到那裡時，他已走了。

根據溫柔客氣有禮的服務小姐描述，他進來沒多久，說是等人，然後便開門走了。

我遲到十五分鐘。

走出茶藝館，施工中的新生南路灰濛濛，幾個男人站在騎樓下，都穿西裝、打領帶，我實在看不出來哪一位事業心很強。我猜想他一定是其中一位，我成為被他窺視的對象，也許他想先由外觀察我，才決定要不要與我見面？我站在馬路上猜測所有的原因，為什麼他和我訂下約會？為什麼又逕行離去？

我有點責怪自己，穿的風衣顏色太鮮豔，又著一雙大球鞋，也許他便是樓下的某位男人，他一定認為我的打扮太怪異，才不願出面與我相認。

但是我真的沒道理自責啊！我這麼告誡自己，並攔下一輛計程車回家。

六時十五分，他打電話來，我說一句：才遲到十五分，你就走了。他解釋自己公司很忙，無法久候，就急忙把電話掛上了。

我有些意外，並且似乎也有些不高興，但我並不是很清楚為什麼。

第二十七個男人

我便替他寫了這樣的一則啟事：

男，二十五，斯文有愛心，誠徵女友，活潑、善解人意，年齡不拘。

他說他不擅言辭，沒有朋友也沒有工作。

個性的關係，他說明，他很內向，再加上接觸層面很窄，不知道別人的想法，所以不容易交朋友。退伍一年多，是找過工作，別人也一直催他去上班，但是，他覺得還是在家裡的店面幫忙比較好。

妳真的想結婚嗎？他問。

我說，是啊！我真的想結婚。他說他只是想找朋友「而已」。想找朋友還是女朋友？我嚴肅地問。

他說他從來沒交過女朋友。有沒有找過妓女呢？我隨口問他。「有找過一次。」沒想到他卻這麼告訴我，是姊姊帶他去找，姊姊說這麼大了，當處男不好，叫他去試理髮店，花了兩千元。only one（once），他說。

然後，他修正，其實不只一次啦！兩次，不，總共是三次。是去礁溪洗溫泉啦！他說那裡比較便宜，六百元就好了。女孩子「身材不錯，臉蛋普通」，會先和他聊天，「用手，再用那個」。她教他很多事情。

他說他很想再去找那位礁溪女孩子，每次講到這種事，他就全身發抖。

也許你應該再去找她，我說，或者應該去找別人，因為我想結婚而你只想

找女友「而已」。

去哪裡呢？他問我。我建議他登報，他說不知道怎麼做？我把登報辦法告
訴他，他又說，不知道文案該怎麼寫？我問他的特徵，他說他很斯文。於是我
便替他寫了這樣的一則啟事：

男，二十五，斯文有愛心，誠徵女友，活潑、善解人意，年齡不拘。

過了幾天，他打電話給我，說廣告刊登了，但卻沒有人打電話給他，只有
一位五十多歲的寡婦。他問我怎麼辦？

我還能做什麼呢？我不知道，也許應該再去問你姊姊吧！我說。

第二十八個男人

・・・🝤・・・

我想知道，我試探性地問：會不會和我這種人結婚？沒想到他居然說：同居可不可以？

他說他是安徽人，我聽成南非人，四十歲左右，貿易人士。

他詢問我的年齡、身高、體重（跟大多數徵婚人一樣），還問我有沒有嗜好。

我喜歡看電影。他問：西片還是國片？我說只要有趣都看。他呢？他不喜歡看國片，都看西片。曾經有人介紹他看侯孝賢的《戀戀風塵》和《悲情城市》，他看了都覺得沉悶。

他最常看的還是電視。

你好像不怎麼愛她？我問。

他說是她不怎麼愛他。

他，曾經打電話來訴苦。

香港工作三年，忘了她的電話號碼，一直沒有聯絡，後來對方結婚，新郎不是他。

至於朋友，四、五個，不太多，不喜歡濫交。女朋友則交過一個，對方去

我問他認識的女孩，那位三十多歲的女孩很喜歡跳舞，嫌他笨手笨腳又不會講話，想找一個會跳舞的男人，後來和她結婚的男人是喜歡跳舞，而且會講話，可是他們相處卻有問題，個性還是不合，結婚竟然沒有去度蜜月，當然也沒有去跳舞。

那個三十多歲的女孩在找一個羅曼蒂克的男人，他說，而要說浪漫，其實他最浪漫了，這一點，他自己非常清楚。

只可惜她沒有發現。

他說他想結婚，看了很多，同事也介紹了很多。有一個三十四歲的女孩好乖，太乖了，簡直是生活正常、規律，和父母住在一起，從來不曾晚上十點以後回家，他不喜歡太乖的女孩。

三十四歲還叫「女孩」啊？我說，應該是女人吧！他笑了，說我很有趣，他喜歡聰明的「女人」，最好是大學畢業，因為

「常常聯絡嘛！」他接著說，他喜歡聰明的「女孩」而已。

他自己只有高中畢業而已。

我並不聰明，我說，而且也沒有念大學，念到高職就輟學，我謊稱。誰知

他卻見風轉舵：也很好，專業啊！

他說了好幾次：給個機會嘛！

我說自己是個挑剔的人。他強調：女孩子都不挑我，都是我挑別人喔！他

所謂的女孩子，多半在圖書館或銀行相遇，留下姓名的人。

他問我喜歡什麼樣的「男孩」？我說我喜歡穩重有思想的男人。「趙寧那

141 第二十八個男人

種嗎？」他問，我不作答。「還是李敖？」仍然緘默。

「妳很可愛，」他說：「我就是欣賞妳這種個性的女人！」是嗎？我心想，我不是一直和他唱反調嗎？他喜歡的真是我所表現的那個人嗎？我表現的又真的不是我嗎？

我想知道，我試探性地問：會不會和我這種人結婚？

沒想到他居然說：同居可不可以？

我一時答不上話來。

第二十九個男人

「抱歉，失陪。」他掛上電話。

他的聲音非常低靡，我和他全部的對話只有七句。

「是婚友介紹所嗎？」

「不是。」我說。

「對不起，怎麼參加？」

「現在不是在參加嗎？」

「想交男朋友嗎？」

「不是，想結婚。」

「抱歉，失陪。」他掛上電話。

第三十個男人

「謝謝。」

我和他的對話更短，不到三句。

「女方幾歲？」

「三十。」

「謝謝。」

第三十一個男人

・・・🌢・・・

我問他才二十二歲為什麼要徵婚？他說不知道，為了打發時間吧！

他是香港來的僑生，今年二十二歲，正在念五專。

我問他才二十二歲為什麼要徵婚？他說不知道，為了打發時間吧！為了認識奇奇怪怪的人吧！

他一個人住在萬芳社區，幫別人看房子，覺得無聊，所以才打電話。他所就讀的工專今天舉辦蔣公追思登山什麼的，他說他才不要去，對同年紀的小女生沒有興趣。

他說是因為人笨，才交不到女朋友。曾經在香港認識一個，但不久，她便對別人撒嬌去了，害他好傷心。他還說香港女孩子很勢利，像他沒有錢，根本沒有人會愛他。台灣女孩呢？他就不知道，來台灣才半年。

這半年讓他眼界大開，他喜歡騎摩托車到處兜風。香港九七期限將至，父母會留在香港，而他想住台灣。

「如果妳願意的話，我們可以做朋友。」他說。我說是的，我知道，如果我願意的話，我們可以做朋友。只是，我們並沒成為朋友。

第三十二個男人

他說阿德勒的理論幫助他更了解生命的本質，也更能肯定自己，不過，他的朋友都覺得「看這種書的人心態比較消極」，他難以和他們溝通。

他身高不高，是國小教師。

未婚。他說未婚的原因可能是自己人土土的，不知道怎樣與人深交，關係進展不開，再者，現代女性都很在乎外表，所以相親相了好多次都相不成。去過婚姻介紹所，人家總是介紹一些不理想的女孩，否則就是女孩不理他。還有，更糟的是很多高大的男人也找小巧的女生，「把我們的對象搶光光。」

他家住花蓮，他說。好多年前他在鄉下教書，認識了一個女朋友，但工作調遷到台北後，女方聽從父母，不願跟他來，當時他才二十四歲，還沒考慮到結婚這種事，於是，好事便蹉跎過去，那女子早已嫁為人婦，小孩都好幾個。

又能怎麼樣呢？

他說話的語氣，我幾乎無法分辨是不是在感嘆。我問他為什麼不再回鄉下教書？他先說再回去也沒人要了，又說有想過回去，因為鄉下人重視公務員，也許只有回去才找得到對象，畢竟鄉下人還是淳樸一些。

可是，在花蓮教書，白天雖然一樣工作，晚上卻無事可做。在台北不一樣嗎？在台北還可以看電影，去國家劇院看默劇，這也是當初他來台北的目的：多多多見識。

他對哲學有興趣，常常讀新潮文庫的書，認為影響他最大的一本書，是心理學家阿德勒的《自卑與超越》，他說阿德勒的理論幫助他更了解生命的本質，也更能肯定自己，不過，他的朋友都覺得「看這種書的人心態比較消極」，他難以和他們溝通。

他還說，自己不會喝酒，也不懂得玩，所以朋友極少，教書匠的生活之外，只好一個人四處做一些藝文活動，畢竟那是他喜歡的。然而，他說寂寞的日子過久了，夢想便漸漸破滅，何時才能找到一位知心伴侶？他三十六歲了。

其實每個人總是有屬於自己的憂愁與痛苦，一個人生活偶爾也有快樂的時刻，日子總是要過的，有緣人總是會出現的。我安慰他好像在安慰自己，話到一半無法繼續，把電話掛了。

第三十三個男人

徵婚的人應該怎樣？做什麼？他為什麼覺得我不是真的在徵婚？

他自稱瘦瘦高高，長得很像華視新聞播報員奚聖林。

他說他對我的第一句話有感覺，何況我又是外省人，他說他的「省籍觀念很重」。他抽菸，任職傳播公司，大專畢業，十分講究生活品質，最喜歡看文藝片，《亂世佳人》看了好多次。

他屢次在路邊打電話來。問他為什麼不在家裡打電話？他說母親正在談股票經。

他和父母住。父親軍人，他非常敬佩。他說少年時代在西門町混，對「青蘋果」、「幫派」都很熟，父親知道後一直沒有說話。高一下學期一個晚上和人打架，回家後，父親打了他一巴掌，父親說：一個人，尤其是一個男人，如果被人看不起的話，一輩子就完蛋了！這句話影響了他一生。還有一次是服兵役下南部時，父親趁他不注意，在口袋裡放了三千元，他很感動，幾乎哭了。

他說父親是個有修養的人，他從小在眷村長大，從未聽過父親講過一句髒話。

他問我和父親關係如何？我正想認真地分析，就被他打斷，他問我徵婚是不是在開玩笑？會不會到時電話號碼改了，查無此人？

他談到分手一年多的女朋友。她來自不健全的家庭，情緒變化很大，也很

孩子氣，他一直對她很憐恤，但她十分歇斯底里，會在他工作最忙的時候打電話要他去找她，做一些他不能做的事，由於這段感情發展「動盪不安」，因此對他產生了一些傷害，他希望不要和她聯絡。

他又說了一次他覺得我根本不想徵婚，我沉默了許久，考慮應該如何解釋自己。

「妳不會也很歇斯底里？」他問。

我說這要看我處在什麼狀況？我思索時又被他打斷話題，他問什麼狀況？我沉默了許久，考慮應該如何解釋自己。

他再三約我聖誕節到台東一帶走走，我沒有答應。

一天晚上，他又打電話來，他說：「人心險惡、難以預測。」他剛看完報紙非常震驚。我當下緊張起來，立刻從椅子坐正，以為有人告訴他我不姓吳，他是來指責我？原來，是他在報上看到一則警告啟事，他以前的同事捲款逃亡，「所以妳不要騙我。」我一時口結。他接著說：「妳答應要打電話給我，卻沒打。」他說他對我充滿疑惑，因為「被騙怕了」，這個社會太黑暗。

可能因為他這一席話，我鼓起勇氣告訴他，我並不想用他所認為徵婚應該有的態度徵婚，我有自己的看法，而且我有好多人要見，我還不想把心思放在

他一個人身上。他聽了只是唯唯地說：「好吧！那以後不要再聯絡了。」

事隔兩個月，我曾在一個非常意外的場合看過他，我知道那個人一定是他，卻不敢向他打招呼，我覺得似乎也不應該，也許他永遠不願意任何人知道他曾和我談過徵婚的事。

留下來使我困惑的是：徵婚的人應該怎樣？做什麼？他為什麼覺得我不是真的在徵婚？

第三十四個男人

他說他是沒事幹才與我聯絡，要結婚，可以，簡單，可以馬上結，反正不合就離嘛！

他一頭長髮，心事重重。

因為在國外住了六年，剛從美國回來，一時不能適應改變太多的台灣，而且找房子太難，他幾乎天天與仲介公司吵架，正在考慮是否應回美國。

他說他是沒事幹才與我聯絡，要結婚，可以，簡單，可以馬上結，反正不合就離嘛！

我說那麼容易結婚，是不是人盡可妻？他說這麼快就求婚，這是第一次。他說要娶妻若娶不到「白布」，就最好娶「大染缸」，為什麼呢？因為他覺得寧可娶達達，不可娶老婆當達達。我問他什麼叫達達，他說就是whore，婊子的意思。

如果我是妓女呢？我問。

但是這種婚姻觀父母能接受嗎？不一定，但是，有人會要結婚了還說自己是妓女嗎？他還說，台灣人多半為別人結婚，他呢？他不會這麼做。他曾經計畫與外國女友結婚，家人並不反對，但還來不及結婚，對方已經另結新歡了。

回到台灣半年多，發覺台灣女孩來愈不單純，比起過往更物質化、拜金，「特種營業到處充斥，未成年少女做這行很普遍。」但是他並不怪她們，他認為這是社會風氣使然，妓女，妓女也是人，他可以跟她們做朋友。譬如他

就曾經透過交友公司介紹，與一名航空公司的小姐外宿賓館，七千元，他對那位小姐很滿意，一直想再找她，可惜電話始終接不上。交友公司推薦另一位歌星小姐，就比較貴，兩萬，他覺得不值得。

男人在美國住舊金山，從事貿易，他說他對那裡的中國人最看不慣，而回到台灣，對這裡許多事也不喜歡。他寫信給許多人，如總統、郝柏村、趙少康等，他言無不盡地指出自己的看法，看看能不能改善這個社會。

他給李登輝寫了三封信，把這半年來他觀察出一些不正常的現象都告訴他，結果，總統府回了信，說感謝他的來函，會轉交各有關單位參考，云云。

寫給郝柏村的信，他提到台灣各娛樂場所竟然可以隨便賣酒給未滿十八歲的青少年，這十分不應該，他說，在美國，有些州規定二十一歲以下的青少年根本不准出入酒吧。根據郝柏村的回信，行政院早已下令全國警察機關遏阻青少年出入酒吧的惡習。

另外一封他向郝柏村建議取消中學女生准予留髮的決定，他認為，只有讓女學生留西瓜皮的髮型才能杜絕強暴事件。

這一封郝柏村先生沒有回答。

給趙少康的書信則提及公務員的待遇問題。他直言，要提高政府的公信力則須先提高公務員的權利和待遇，否則，公務員容易轉行，或者政府機關服務品質低落，非百姓之福。

那時尚未就任環保署的趙少康先生也沒回信。應該是忙壞了，他說。

他向我表示，很多人覺得他是瘋子，而我卻聽得津津有味，令他對我感到好奇。他說他真的考慮跟我結婚，還說自己很需要感情，那麼多年談感情，每次受傷的總是他，為什麼？他問我，要結婚嗎？

我不知道，我說，我覺得他在開玩笑。「也許吧！」他回答。

第三十五個男人

他的結婚對象條件不多……一、女人；二、活著。

他在答錄機上留下兩句詩：曾經滄海難為水，除卻巫山不是雲。

他說這兩句詩是他的心情寫照，還說跟我說話好緊張，沒辦法，因為沒交過女朋友，他喜歡別人，但是都沒有人喜歡他，每次他開口講兩句話就沒人理他，付出感情也沒用，沒辦法，沒辦法。而且人長得很醜，不敢見人，不敢見人，又只是個工廠夥計，所以他的結婚對象條件不多：一、女人；二、活著。

我說我的條件要比他多一件：幽默。幽默，怎麼幽默法？他問。我笑了，

他又問我為什麼笑？

真的是一個朋友也沒有，不要說女朋友，連男的朋友也沒有，難喔！難喔！我們這個社會，人和人之間只有利害關係喔！他不停地抱怨。我幾乎開始懷疑，他之所以沒有朋友，是不是我也有責任？難道我願意和他做朋友嗎？

給心吃，還嫌苦，他這麼說。

第三十六個男人

．．．◆．．．

他說他不是單純的人，打電話是想了解我，覺得我可能是一個飽受感情摧殘的人，可能需要安慰，他剛好一個人在家，很無聊，可以和我說說話。

「只要妳愛我，我可以為妳付出一切。」

他說他是黑道人物，混的。

二十來歲，未婚，沒有家，長期住旅館，雙親已逝，姊姊在大學教書，有個政界叔叔，但從來不拜託他們做任何事。

他對母親的記憶很遙遠，只知道是日本人，她穿和服的照片很美，父親則從未見過面。他說，小時候沒得到什麼愛，所以長大了需要很多。

他說他不是單純的人，打電話是想了解我，覺得我可能是一個飽受感情摧殘的人，可能需要安慰，他剛好一個人在家，很無聊，可以和我說說話。

他說他是給上班小姐包的，女友醋勁很大，每天回家都會檢查床單是否起皺？他說他喜歡跟成熟的女人來往，每一個女人在他眼中都很漂亮，反正，他喜歡女人，不甘寂寞。

小學一年級開始吃檳榔，國一便與女生發生關係，十八歲那年做過午夜牛郎，陪男人，兩萬元睡一次。他說衣服才一脫，他受不了，立刻奪門而出。後來去當殺手，在賭場幹保鏢。他說他很狠，也很溫柔，個性極端，別人對他好一分，他會對別人好十分，反之亦然。

殺手需要訓練，譬如把人和沒吃飯的狼狗關在一起，他說，把人訓練到見到血便發狂，當他不高興時，他可以把貓活活虐待死。不過，他說在道上混也有道上的規矩，四種人不侵犯……一、女人；二、老人；三、小孩；四、殘障者，這些人如果與他有仇，他絕不會親自下手。

一位算命的人曾經說，他這種命不是極好就是極惡，他的朋友則說，他不應該活在這世界，而他不確定，所以要活活看。不過，他不想活太長，活太長沒意思，他說，活得快樂一點更重要。

他現在不能結婚，因為已被「包」了，但是他很願意和我做朋友，他可以教我跳交際舞，他說他非常內行，專教有錢的太太跳舞。他還說他很害怕寂寞，有時半夜難過起來會痛哭，他知道自己不是單純的人，因為他常常看到鬼……

當他說到此時，電話上突然傳來開門聲，他立刻結束話題，留下一句……我女人回來了。便把電話掛上。

這位不知姓名的第三十六個男人，從此失去聯繫，我們這一生中只通過這一次電話，也許是唯一的一次，但我對他有某種熟悉的感覺，他留給我的深刻印象，我一輩子不會忘記。

第三十七個男人

他自己做了結論：年輕時好玩，不想結婚，錯失良緣；年紀稍大，交往前考慮很多，不再為感情而感情，又如何得到真心人？

三十六歲的他未婚，這件事說來話長。

如果一個人曾經以Benz代步，以後怎麼可能換裕隆開呢？他比喻。曾經擁有過好幾個女友，現在一個個都嫁了，婚後都很幸福，他想結婚，但找的對象不能比以前的女友差才行。

他自己做了結論：年輕時好玩，不想結婚，錯失良緣；年紀稍大，交往前考慮很多，不再為感情而感情，又如何得到真心人？

他是個浪漫的人，追求絕對的完美，他說，很多人看他的外表，總以為他是花花公子，他認為別人不了解，其實他對感情很認真，當他喜歡一個女人，可以不顧一切，道德、財產又算什麼？不過，那些都已成過眼雲煙，曾經愛過恨過，也曾經有人愛他愛到要死，所以這一生已經值得。

他問我為什麼要徵婚，是不是有難言之隱？懷孕了嗎？還是想急就章，隨便抓根木頭？我說沒有懷孕，也不想隨便找一根木頭，只是想結婚。

他說我是一個撲朔迷離的女人，對我開始有興趣，不過，他說結婚是冒險，怎能遽爾決定？我請他再與我聯絡，但他並未這麼做。

第三十八個男人

我們見面之後，他談到我時說，我的外貌普通，看起來比實際年齡要老，這使我感到些微不悅，不悅的原因可能包括我相信他說的是實話，而另一個原因則是：我對他也有一樣的看法。

他說他也是商品，如果我不願意購買要要告訴他。

這項買賣能夠成交只有兩個原則：一、要談得來；二、個性相投。至於他自己，農家子弟，家庭背景不好，但他是一個有頭腦的人，再者，他的外表很體面，又有女人緣，所以才「大膽」來應徵。

他是在偶然的機會聽到一位與我徵婚的人──他的朋友談起，發現他自己和我十分匹配，才火速與我聯絡，而他的朋友已決定退出。

目前服務於證券公司，金錢市場是個陷阱，他說，自己沒玩過股票，才一腳踏進去就面臨大崩盤，正是流年不利，慘兮兮！再加上他在商場經驗不多，不夠圓滑、狡詐，所以不但沒賺到錢，反而虧損連連，最近才現虧二十萬呢！但是他很樂觀，他說，人看事情應往遠處看，如果我要結婚的話，經濟方面大可放心。

他說自己從小就在外面闖蕩，性格成熟，也有見地。算命說他三十二歲會結婚，那就是明年，今年的他會破產，露大財，需要去安太歲，但是他很忙沒時間去，今年就要過去了。他要找的對象不是事業型的女人，而且女孩子不可以太能幹，否則會起衝突，一個家庭畢竟還是要有人主內，有人主外。

很介意外表嗎？他問我。我說，也許吧！你不介意外表嗎？

我們見面之後，他談到我時說，我的外貌普通，看起來比實際年齡要老，這使我感到些微不悅，不悅的原因可能包括我相信他說的是實話，而另一個原因則是：我對他也有一樣的看法。

我們的見面是在重慶北路的路邊，我約他出來看明華園歌仔戲露天演出《真命天子》。他根本不知道什麼是明華園，從小到大也沒看過歌仔戲，我很驚訝，歌仔戲不是鄉下最常見的文娛活動嗎？他說他沒興趣，很小就嚮往都市，覺得看歌仔戲「很落伍」，他對我才感到驚訝呢！居然會喜歡看歌仔戲！

不過，為了見我一面，他倒可以放棄己見。

那天是年節將至的微雨天，我們都沒帶傘，坐在鑼鼓喧天的舞台前，他買來幾份雞翅膀和烤魷魚，我說不想吃，他堅持請客。我的眼睛注視舞台上的演出，心裡在想：我比電話上更不喜歡他了。為什麼？

早先，他屢次提議我見面，我總是說會去證券公司找他，我想去證券公司見識見識，因為沒去過。他告訴我一個辦法可以找到他，只要找服務台的第三號，然後說：先生，我要開戶。這樣他就知道是我，這是我們兩人的密碼。我

喜歡這主意，這個密碼，在大都會的台北，在人群湧動的證券公司，我只要說出密碼，就有一個男人會注意到我。

我想，如果我真的按照密碼找到他，也許我會喜歡他？可惜，我自己破壞了密碼的魔力。還有，他不是商品，這件事不是買賣，只是我不再有機會告訴他。

第三十九個男人

他不斷地撥三分鐘電話，我也沒反對，他說他愈講愈像在對我推銷他自己，而我卻聽到一連串的英文字：: trouble, surprise, business, good night...

「妳是不是作家？」

我們談話還不到一個鐘頭，他便問我這個問題，而且還要求我誠實以答。

我不是作家，只是喜歡寫字，我說（這是實話）。他表示聽我這麼說，更確定我是作家了，因為與我交談的第一分鐘起，他就認為我相當有頭腦，組織能力很強，能夠了解別人的想法，應該就是作家。

作家就不能徵婚嗎？我問他。

「可以、可以。」他第一次打電話給我，是在三重一家7-Eleven的門口，說是在等外國客戶一起去工廠，他不斷地撥三分鐘電話，我也沒反對，他說他愈講愈像在對我推銷他自己，而我卻聽到一連串的英文字⋯trouble, surprise, business, good night⋯

他，三十六歲，未婚，自認條件還不錯，曾有一段不愉快的過去，目前在經營一家外銷公司，但生意不好做，台幣又升值了，而且比方說，他在「荒郊野外」已等了一個半鐘頭，那位外國客戶還不來。

曾經有一段不愉快的過去，當初該把握卻沒把握，當初該了斷也沒了斷。

最近心情不好，出國半個月，在東南亞許多國家走走，散散心，想重新開始新

的人生，他說。

到底了不了解我們臭男人？他問。為什麼要徵婚？是知其不可而為之嗎？

還是因為無聊，感到人生乏味，跟他一樣需要改變生活？

跟他通過話的隔天，我有事去台南，在新營一家小旅社夜宿，睡不著，午夜過後，有人用力敲了幾聲門後，將門推開，我躺在床上無辜地望著她，一個提一大串鑰匙的女人說：查房間的，免驚啦！她反手將門帶上，旅社外火車隆隆開過，我在想有人會到旅社來對我開槍射擊，我在想他問過我的話。

我突然害怕了，因為把自己暴露在所有徵婚人之前，讓我不自在，況且我漸漸無法分辨自己的參與，究竟是一種表演還是原我呈現？為什麼我又會心虛、怕遭人拆穿呢？拆穿什麼呢？

我打電話給第三十九個男人，在一個半夜。

我說我心緒不寧，覺得有人隨時會闖入我住的房子，無法入眠，問他怎麼辦？他想了一會才說，他可以來陪我談談，或者在客廳打地鋪，我鬆了一口氣，說好。但隨即我便打消這個念頭，覺得自己的行為很荒誕。當他來到我住處門口時，我在對講機裡告訴他自己不再害怕，他立刻說那麼他要回家，明早

還得上班。

　那是我們距離最近的一次。那件事之後他便不再與我聯絡，而我也努力克服自己內心的恐懼，也許，正如他說的，我怕的不是別人，而是自己。

第四十個男人

我坐在他面前，望著他揮舞的手，不大的手掌，生命的祕密在哪裡？他的手掌能掌握嗎？

他屬雞，生命已有三次輪迴，在電器行上班，個性直爽，不喜歡嘮叨。

我真的不知道他是不是想結婚。他說以前與人同居，但受不了同居人嘮叨，認為她外表過於普通，身材過矮，他喜歡高姚的女孩，因為自己的身高也不高。基於優生的考慮，他想娶高一點的女孩，這也是他老母的想法。

我真的不知道他是不是想結婚。在同居之前，他被一個女孩騙過錢，十六萬，對方在服裝專櫃賣男裝，有模特兒般的身段，對他謊稱父親中風，母親病逝，弟弟的女朋友為情自殺，必須賠十四萬，向他借了錢，其實把錢拿給另外一個男朋友花用。

他說，他拿她沒辦法，她會講話，善解人意，人見人愛，聽她說話就喜歡她三分，他是被釣的凱子，也認了，只是一直對她念念不忘，這讓他心煩。

屬雞的男人屢次提到那位高姚的女孩，甚至對他和她的性生活繪聲繪影，使我感到困惑。我真的不知道他是不是想結婚，為什麼他要與我見？又為什麼要把這些煩惱告訴我呢？

我坐在他面前，望著他揮舞的手，不大的手掌，生命的祕密在哪裡？他的手掌能掌握嗎？而我呢？當我閉上眼睛，一隻小鳥便從天空飛翔而過，我究竟

又為了什麼要結婚呢？

這位比我矮小、屬雞的男人還在叨嘮著。

第四十一個男人

他之所以熱心替朋友應徵，因為他覺得每個人都有追求幸福的權利，他的朋友也不該例外。

他說他代友徵婚，語調出乎尋常的客氣。

他的朋友，三十九年次，沒結過婚，一七六公分，學的專業是廣播，目前做成衣事業，是他的合夥人。

他說他的朋友是本省人，基督徒，是個好人，這也是他無法完成終身大事的因素，因為就是太善良了，以前失戀過，所以害怕嘗試認識別的對象，全心在信神。他之所以熱心替朋友應徵，因為他覺得每個人都有追求幸福的權利，他的朋友也不該例外。他們都是基督徒。

我什麼都沒說，關於幸福，我還能說什麼？

以馬內利。

第四十二個男人

他認為婚姻和愛情是兩件事，因為真正的愛情是一種戰爭，最後總是有一方會失敗。他說，愛情，它也有如同對弈的格局與命運。

他，建中畢業，在圍棋界頗負盛名。

「您貴姓？」這是他問我的第一句話。他說他急著結婚，但相親相了幾次都相不成。徵婚啟事是他的棋友發現的，沒有勇氣打，慫恿他來試一試，他說，說不定「有些奇奇怪怪的事情，會讓生活產生變化」。因為他的生活最近不安定、沒有目的、沒有責任、沒有人管，也沒有拒絕的藉口。為了應酬，常常出入風月場合，以至爛醉無歸，棋力大大衰退，目前在圍棋界排名四段，他一直希望能打敗棋王，所以需要結婚。

他認為婚姻和愛情是兩件事，因為真正的愛情是一種戰爭，最後總是有一方會失敗，就像下棋，沒錯，什麼事情都是一盤棋在走。他說，愛情，它也有如同對弈的格局與命運：

佈局	中盤	收尾
名牌打扮	寫信送花	一走了之
含蓄有禮	曖昧不明	對方一走了之
轟轟烈烈	障礙很多	一、難分難捨；二、你傷我亡
神祕兮兮	一退一進	一、關係明朗；二、互相撤退

雙子座的他很愛「談」感情。

高三時喜歡同街一名國三女孩，那女孩功課很差，他替她補習，女孩說都沒有男孩追她，於是他就說要請她看電影。那年年初二，她讀育達商職的姊姊和男生出去玩，女孩跑到他家找他看電影，他們在西門町找不到什麼片子可以看，就看了一部《我倆沒有明天》。

看完電影，女孩就不理他了。我倆真的沒有明天。

他說，女孩的媽媽不准他們來往，她也很聽話，而那時自己又沉迷於下棋，大學根本沒考上，反而她考上了松山商職夜間部。開學後，他去找她，每天晚上十時十五分在地下道出口等女學生路過，想問她：為什麼不理我？但卻不敢靠近，只好坐同一班車回家，就這樣，三年過了。

當完兵，約她出來喝咖啡，才發現她很迷人，尤其是講話的模樣，和那聲音。他問她為什麼一直不理他？她沒回答，只回眸一笑。

後來妹妹介紹他另外一個女生，那女生被人強暴過，寫信總是稱呼他大哥哥。有一次女孩對他說：大哥哥，可惜我沒有早一點認識你，才腳踏兩條船。

原來女生有一個香港男朋友，是會計師，他們在兄弟飯店約會，女孩還請他帶

她去赴約。他說應該是很愛她吧！後來她結婚了，這一切才算「打掛」。

他說他總是在下不是棋的棋。

去年在飛機上認識一名韓國女友，回台灣後想盡辦法追她，還追到了韓國，沒地方住，在小鎮的旅館留了好幾天。女孩是漢學老師，怕學生看到，不准他到學校去，每天下課後準時五點鐘打電話到旅館，一起去吃晚飯，吃完晚飯喝過咖啡，十點鐘便準時回家。他要回台灣的前一天，託人送三樣東西給他，一是領帶，二是襪子，三是一大箱蘋果。他說他不明白為什麼送蘋果？一個人在旅館寫詩給她：明月裝飾我的窗子，妳裝飾我的夢。還有打油詩：打起鬧鐘兒，莫叫響叮噹，響起驚吾夢，不得到奴旁。

回來以後，他每天打長途電話，女孩嫌他話多，就吹了。他說她是保守、有味道的女人，其實也不知道為什麼就吹了。

這一年來，他酗酒的時候居多，研究棋譜不如以前用心。因為未婚，有人以為他是同性戀。父親是教師，對他的婚事比他更急，替他介紹很多自己教過的未婚女學生，但他多半看一眼就不喜歡。這種事他是直覺主義，還是像下棋，像有時候要決定的一個關鍵棋。

前幾天，父親又替他相親，這次是一位女老師，他們約在新公園門口見面，女老師有點緊張地問：新公園門口那麼大，怎麼找到你？他認為她一定不是一個大方的女孩。果然，他對她的印象像一面玻璃擋住她。他們去吃飯、看電影，但什麼事也不曾發生，一個人坐車回家時，他擔心的是如何才不傷害到她。

台北有多少個這種女孩啊？我想。從來沒有人真正地愛過她們，她們像花朵般地打開身體，春去冬來，然後就凋謝了，沒有人再注意過她們。我想到里爾克的詩。

我們認識後，他好幾次半夜從酒廊打電話給我，跟我聊天，他說他不會約我，怕我不適應那裡的氣氛，而我卻鼓勵他找我去。也許，我所好奇的並不是酒廊，而是能不能替他找出一個拒絕酗酒的藉口？我不相信要當棋王，就一定得結婚。他答應會邀請我，但始終沒有成行。

我知道他開設一家棋室，有一晚，我故意趁他出外喝酒時路過他的棋室，一個禿頭的中年男子以為我要學棋，招待我坐下來喝茶，他先忙著替幾位小學生上棋藝課。我坐在和式房間的疊席上，牆上一幅黑貓與白貓對峙的圖畫，我

想他或許在這裡讀《老子》或《孫子》。不爭謂之爭，他說過，他遲早要當棋王。我也記得他說下棋時，可以心念將自己放大，把敵手想小，也可以在兩人之上看到自己和別人下棋，多麼高的境界！但生活可不可以這樣呢？我坐在他每天坐的棋室裡，好一會，才離開。

我沒有跟他結婚，我沒有跟任何人結婚。

<後記>

我想了解男人

我住的公寓不遠處也有一座公寓，頂樓的陽台上搭蓋葡萄藤架，並且養了許多茂盛的花木。黃昏後，一盞在公園才看得到的路燈就會亮起，每個晚上，我幾乎都會望著那盞燈。

那些年我想過要結婚，想結束一個人的生活，想重新出發。我在記事本上為自己歸納一些可能結婚的行事方法，包括訂定目標與對象，並且問了自己許多問題。

我並未因此找到結婚的對象。

之後，很多事情便不重要了，我也不再去想結婚。我像很多人一樣，有時也寂寞、孤獨，而且愈來愈難結婚了。

那一年冬天，我在思索創作的問題，新的形式和觀念對我來說成為一種迫切，我想在劇場與文字間找出一種可行的創作方式。我又回到了古老的題目：結婚。

很久以來，我一直對報紙上的啟事欄感到興趣，我花很多時間閱讀這一類的啟事，為了好玩、好奇的心理，帶著那麼一點自修的社會學眼光。

我在想如果我刊登啟事，也許也有人跟我一樣會閱讀，而他們將是什麼人呢？他們在哪裡？我的好奇及好玩的心將我推往下一步。

一個朋友的朋友，德國女人，跟我一樣喜歡閱讀小啟事欄，有一天，她在德文報紙上發現了一則很有趣的徵婚啟事，她寫了一封開玩笑的信去應徵，結果，出乎意料，對方是一個非常理想的結婚對象，他們交往一段時日，便決定步入禮堂。

不過，更出乎意料的是，那位理想的結婚對象在結婚前夕，發生車禍，不幸身亡了。

我知道，這個故事太像電影情節，然而它是真的。

我的徵婚啟事的刊登，提供了另外一種生活的可能，也讓我認識一些我平

常永遠不可能結識的人。他們跟我一樣生活在這個城市裡，也想結識。

這個城市，台北，有許多寂寞的人，男人，我至少接觸了一○七位，而我記錄了其中的四十二位，我想了解男人，男人的寂寞。

最後想說的是：我與這些徵婚人之間的來往是平等的。在整個交往過程中，我從未虛偽地利用任何人的感情，而其實我最在意的仍然是自己真實的反應。

我的徵婚動機一如我的創作動機，它們是一體的二面。也許我是個平凡的女人，雖然我的確知道，作為一名女性，實踐自我遠比婚姻生活重要，但我曾經那麼想結婚。

每個晚上，我都會站在窗前眺望那盞燈，對面公寓陽台上的那盞燈，我總是注視許久，許久，沒有什麼特別的原因。

我想，以後不會再徵婚了。

附 錄

對談愛情與婚姻

聽別人的故事，多好玩

陳玉慧 vs 馬家輝

時間：二〇一一年二月一日

地點：香港世紀海景酒店

陳玉慧（以下簡稱陳）：這本書其實是當年五個創作構想之一。但做完這本之後我卻放棄了。

馬家輝（以下簡稱馬）：不如我們就從這本書的緣起、當初你的那五個想法開始吧。

陳：讓我想一想。第一個就是「徵婚」，第二個是「和陌生人去買床」，第三

馬：為什麼後來只做了一個？

個困難度很大，「流浪街頭一百天」，不回家。第四個是環遊世界，找一百位各地算命仙幫我算命⋯⋯第五個我現在忘了，都是行為藝術之類的嘗試。

陳：我做完「徵婚啟事」之後引起爭議，在台灣的媒體上連載，收到很多讀者反應。但是也有兩名作家大力地撻伐，說難道作家沒有想像力了，才要這樣來寫書？我當時有點被嚇到。所以就把另外四個構想丟掉，去做我的本行戲劇了。

馬：我聽到這個滿驚訝的。我是一九八九年七月離開台灣去美國，算是經歷過一九八〇年代的台灣，那是一個從「戒嚴」到「解嚴」的年代。你一定記得當時最流行的廣告是司迪麥口香糖廣告⋯⋯只要我喜歡，有什麼不可以？所以，一個這樣的寫作藝術的概念表達在文字上面，在那時的台灣，還會受到來自作家的這種攻擊，讓人意外。

陳：我想我是走得快了一點。如果以今天社會的生活面貌，還真的是難以想像。在我看來，創作者是要想像力，沒錯，但是創意不僅是故事情節的想像。

馬：這五個想法的來源是什麼？

陳：我在巴黎是學戲劇的，對波爾的「無形劇場」非常著迷。實際上，我常常在生活裡頭看到很多劇場的東西。

馬：為什麼這個「無形劇場」會應用在「徵婚啟事」上面來呢？是不是那時候有什麼特別的狀況，讓你想對當時的台灣，特別是男人——因為「徵婚」是針對男人的，雖然你也提到有一個女人跑來了——是不是對當時台灣的愛情婚姻故事感興趣？

陳：當時想得沒那麼清楚。當時，只是因為很想結婚，所以在創作時有關婚姻的主題便會跳出來，我想這不但是我，也是大家都感興趣的題材。《徵婚啟事》要談愛情、婚姻。寫完以後才發現，其實當時來徵婚的人並不是主流的人物，主流的人物比較不會來徵婚。但這些因素都非我自己一人能掌握，所以書的內容也非我所能主導，我因此覺得這種創作形式非常有趣。

馬：我不曉得主流的人物會不會徵婚。徵婚的人裡面當然有些非主流的，像這

本書裡寫到，有自己說被包養的；也有主流的，像書裡寫到的中年的、前

陳：本書裡寫到，有自己說被包養的；也有主流的，像書裡寫到的中年的、前中年的、三十、四十、五十歲的都有，有老婆走掉的，也有老婆死掉的。這些人在社會上，特別是在過去二十年的台灣，我覺得滿主流的。台灣的離婚率，據我的記憶，排在世界上最高的前幾名，離婚率很高，這些人其實滿主流的，有了這樣一個報紙上的「徵婚啟事」，在那個年代，就把他們召喚出來，呈現在你眼前。

陳：就我的了解，台灣的主流是「相親」，不是「徵婚」。所謂的主流就是一般的、中上的人家出身的人，他們不會去徵婚的，挺多是介紹相親。到了今天，相親仍然是一個很主流的婚姻的聯繫方式。而「徵婚」這種形式，即便是二十年前，要通過報紙的「徵婚欄」，藉由一則躲在一大堆千奇百怪的小啟事中的「徵婚啟事」，找到對象，其實並沒有很多人相信這件事。

馬：所以你說去找伴侶的這個形式是非主流的。讓我再看一下這個啟事⋯⋯「生無悔，死無懼，不需經濟基礎，對離異無挫折感，願先友後婚，非介紹所，無誠勿試⋯⋯」滿好玩的。我平常看雜誌報紙，滿愛看分類廣告，

陳：有徵婚或者徵友的，對東方人來說滿嚇人的，六十歲，七十歲，寫得很詳細，聲明「我不是要一個婚姻」，要求對方一定要知道誰誰誰，懂得讀誰誰，然後相約去美術館之類的，我還覺得滿溫馨的，有這樣一個平臺。

陳：英國作家毛姆也登過一個「徵婚啟事」，要求來應徵的對象能夠喜歡毛姆的書。他也沒說自己就是毛姆，結果來了一堆。這反倒像書的促銷手法了。

馬：我很好奇你這本書裡的應徵者，他們後來有沒有看到之後承認，對於被寫在書裡這件事？

陳：有一個，就是那個棋士，他算是棋界名流。後來有記者問他，是不是你？

馬：哈哈，真的？可是記者後來也沒有踢爆？

陳：沒有。我想那個時候，大家對別人隱私即便有興趣，但也不敢明說，不像今天，狗仔做新聞已完全沒有尺度。

馬：另外一個讓我好奇的是，這本書現在重新出版之後，讀者會是什麼反應？我自己讀的時候覺得很過癮，裡面的很多故事，跟現在的網際網路

199　附錄

（internet）、臉書（facebook）上發生的故事滿像的。當時根本沒有這些平臺，想要去了解別人的故事，或者想要向別人呈現自己的故事，真的非常困難，「徵婚」可能是一個滿好玩的平臺。從這個角度來看，談戀愛也是一個分享，大家來分享故事的過程，甚至可以說是大家來創作故事的過程。男生追女生也好，女生追男生也好，互相追也好，其實最好、最感興趣、最亢奮的片段就是前面互相來探索：你有什麼故事，我有什麼故事。這些故事也不一定是真的，都是我希望給你聽到的，就像克里斯托弗‧諾蘭的《盜夢空間》（台灣譯為《全面啟動》，英文叫 Inception，談戀愛最過癮的就是分享故事，可以自己去演一個戲劇。看這本書我覺得很過癮，我可以想像那些男人很渴望在你面前呈現他們的「不曉得有多少成分是真實」的故事，並且最後努力讓你相信，在你面前演。當然你也在他們面前演。這也就是我們稱為「無形劇場」的地方。

陳：對，有兩個層次的「無形劇場」，不止兩層，很多層，你知道或不知道自己在一齣戲中？你知道自己在一齣戲中，但你可以演出或不演出⋯⋯

馬：對呀，也包括我剛才提到的事後要不要跟進⋯⋯

陳：對，要不要承認，那也是一個層次。

馬：我剛才說「徵婚」是一個平臺，跟我們在網際網路、臉書上進行的溝通，完全一模一樣。那個夢，你可以稱為夢也好，興趣也好，就像《盜夢空間》裡面大家一起來做一個夢，我看到你的，你看到我的，雖然不是結婚，而是夢的分享。非常像。我很好奇現在的九〇後、八〇後的小孩看這本書會不會有什麼共通感。

陳：徵婚的時候要面對面，所以，有沒有體味？是不是無臭？都是問題。而且，這本書裡面有一個男人，見面後，我最後已經要走了，但他還露出一種「我已經被社會遺棄，你還要遺棄我」的神情，說他自己是一個可憐的人，要打電話找人出來喝酒，還被別人的妻子罵。那時，我就會覺得我已經在他的生活裡頭了，好像有一點對不起他。這已經跟臉書上的與人交流不一樣了，我會需要很多白色謊言。譬如有一個人堅持要繼續交談，我就跟他說我要去教堂，其實根本不是。

馬：但是我覺得在「分享故事」，上面的確是高度地相似，別忘記，在臉書上面可以傳送視頻，還可以傳送以前的，三歲的照片、五歲的照片，甚至可

201　附錄

以把整個的家庭帶來，呈現在你眼前。而且不要忘記，我知道有所謂臉書的傷害，傷害什麼呢？當我和你是朋友的時候，突然把你踢掉了。那是對你很大的傷害吧？那種感覺其實跟你剛才說的，「我已經在他生活裡了」，真的，程度只有「有過之之無不及」。當我把你踢走的時候，你真的受傷害到不得了。我想說的是，徵婚，甚至談戀愛，有一點，我不斷地想強調，就是故事的分享、探索和呈現。我把故事呈現出來，我想探索你的故事。俗話來說，就是新鮮感，男女朋友一開始一定是過癮的，可以聊五個鐘頭，可以聊五天，從你祖宗十八代、從你受到什麼傷害……

陳：羅蘭‧巴特在《戀人絮語》一書中已經告訴我們了，哈哈。

馬：對呀，在電子網路出現以前，徵婚是一個非常有效、非常方便、可以跟人家渲染故事的方式。我不知道一個像你這樣的女生有什麼方法可以在三個月裡聽到那麼多的故事。現在這種方便在網路時代被取代了，但是背後的那個感覺，來分享故事，來演戲，來應徵……這個設計，這個快感，都是共通的。以前是徵婚，現在時網際網路、臉書的平臺，這個平臺上造成的「衝擊感」不會比面對面來得輕。而且這個平臺上的人也會出來，你不是

陳：我不知道跟你說的有沒有關係，我最近看到一個新聞，有人做過統計，說四十二個人出來嗎？臉書上也是一樣，有一部分也是會出來。

馬：那沒衝突啊，當你愛了之後，第一次也可能會上床啊。而且經常也不是第一次聊完、傳視頻給你，那個可能是假的，造成的效果可能比面對面更傳照片給你，變成朋友之後就立刻出來。前面我說的「衝擊感」——馬上強，所以在出來之前已經有了心理和生理上的準備，當然不會挑自己月經來潮的那天出去，可能會挑安全期出去。我想強調的是，現代的網路平臺更方便，更有衝擊感，可是背後所追求的、所設計的、所渴望的，我感覺是大同小異，都是想把故事呈現出來。臉書上當然也可以做很多其他的事情，但是它最大的部分還是「交往」。

陳：其實「徵婚」有很多見面的限制，我大部分都選在咖啡館、飯店一些人很多的地方。但也有人堅持在公園裡，晚上十點見，我就不敢去。

馬：而且我覺得你滿有耐性的。比如有一個人，他第一次沒有出現，可是你……

陳：對呀，第二次我還去，哈。

馬：對呀，為什麼還去？

陳：我很想知道他為什麼沒來。

馬：是嗎？

陳：我的好奇心真的很重，我真的想知道理由。後來他說他是遲到了。

馬：所以我們一直在說這其中有多少真實。另外一個讓我覺得好玩的是你的反應，當然我也有感到生氣的地方，比如第三十九個男人，為什麼半夜叫人家過來啊？

陳：哈哈。

馬：半夜感到心緒不寧，感到有人闖進我房子，怎麼辦？你過來，好。然後人家來了之後站在門外，你又對人家說，我已經不怕了，你走吧。我看到這裡好生氣啊。真的，我就想提問：誰給你這個權力把男人這樣耍法？假如倒過來呢？假如一個男人把女人叫過來到門口，會被人家怎樣？

陳：會被丟石頭砸死……

馬：不管對男性朋友還是異性朋友……

陳：我不覺得我在玩弄他。我那時候一個人獨居，那天突然很害怕。因為我跟他是朋友關係，我也很喜歡他，也在考慮要不要來往。

馬：但是從一開始……

陳：我真的沒有玩弄他的意思。

馬：哈哈，所以說在「徵婚」的過程中你也不排除，比如說一個阿拉伯酋長，哈哈，不排除嘛，不排除開花結果的可能性。不過整個創作的動機……

陳：不是那麼清楚？誰知道呢？我當時有一位德國女朋友也在「徵婚」，被人嘲笑，結果卻找到了一個滿意的結婚對象。我覺得不可思議，我聽她講他們的故事，也未免太有趣了。

馬：我很期待有一個相反的男的徵婚，能夠見到一百個女的，這樣地寫出來。為什麼沒有？我隱約感到是因為很多男人已經這樣做了，他不一定徵婚。追女生最大的快樂，還是我一直強調的，把自己的故事呈現出來，然後去探索別人願意呈獻給你的故事，就是最大的快感。如果有這樣一個男性的版本的話……你覺得這本書在中國大陸出來之後，以他們目前的兩性的狀況，會有什麼反應？

陳：我不知道。但你剛才說的讓我想到，其實很多人在生活裡多多少少都有徵婚意思。只不過，我那時有一個「徵婚啟事」登在那裡。臉書的創始人把每個用戶的感情狀況標出來，單身或已婚，甚至跟誰在交往中，這是成功的一個關鍵。其實每個人都在徵婚，臉書上也是一個徵婚，只要顯示為「單身」，就是在徵婚了。你知道，在古老原始部落裡，結婚的男女和沒有結婚的男女穿的服飾和髮梳是不一樣的，那也算徵婚的遊戲規則了。

馬：從「分享故事」的角度來看，我同意，一直以來都是在徵婚。但是登「徵婚啟事」畢竟不一樣，有清晰的目標，就是結婚，在整個婚姻的制度上進行。否則的話你可以徵友啊，為了性，這種廣告在美國很多啊，享樂時光。不管是徵友還是徵性，還是我反覆強調的，故事的分享，故事的重現。想聆聽別人的故事，當然跟人與人之間的隔閡感有關，想打破它，這是佛洛伊德感興趣的另外一個話題。話說回來，臉書上最有力量的不一定是已婚未婚的標記，而是每個人的那種「你在期待什麼？」「你在夢想什麼？」的那種狀態。有人期待婚姻，有人期待發生關係，有人期待男人。最有力量的在這裡。這裡才值得我們問下去⋯⋯為什

徵婚啟事　206

陳：我們的故事。

馬：一有「我們」的話，就沒有「我」啦！我經常跟我老婆說，真好玩啊，我們從小什麼都學，天文也學，歷史地理也學，可是，至少在我的成長中，從來沒有人教我們理財，現在有了，還有，從來沒有人教我們為什麼要維持婚姻，現在稍微有人講了，也是避重就輕。我有時對我老婆半開玩笑地說，假如在我年輕的時候，有人告訴我說：「馬家輝啊，你要結婚啊？我先告訴你婚姻是什麼。婚姻就是你從此不可以再單獨跟異性燭光晚餐，從此不可以單獨跟異性看電影，當然，從此你的生殖器官就要被一個女人占

麼？說到這裡就到了論述。經常有人說「婚姻是愛情的墳墓」，這句話先不講我們個人的體會。這句話能夠成立，我想有一個理由是，婚姻制度把大家說故事的機會大大限制了，也把大家說故事的能力砍掉了，然後又把大家說故事的成本大大提高了。這就是婚姻可怕的地方。婚姻把浪漫——不管你叫它什麼，愛情也好，浪漫也好——讓它死掉，變成它的墳墓。不讓你說故事。當你不再說故事，變成共同生活的時候，就沒有故事了，或者變成只能是你跟我的故事，對嗎？

有。」假如有人這樣告訴我或者其他男生，我們真的要再想一下，就不想結婚了。

陳：有人說過吧，是你們不想聽吧。

馬：沒有哦。只有被美化的那一面。

陳：對哦，你要承擔責任。

馬：責任⋯⋯

陳：嗯，連要承擔責任這件事也被美化了。

馬：對哦。

陳：你講到這裡，我忽然想到，我們從小到大，沒有被教過怎樣講故事。我發現，徵婚的時候也好，現在也好，如果有人很會講自己的故事，他／她就很容易結婚，很容易有朋友。如果一個人很木訥，不會講，或者不該講的都講出來，講的都是別人不要聽的，就沒有人會選他／她。容易結婚的對象全在於他／她怎麼去講自己的故事。現在有人出書在教人講故事了⋯⋯你千萬不要告訴男人你和多少人上床⋯⋯這就證明，講故事的能力很重要，規矩也很重要。

馬：當然。會說故事當然很不一樣。可是徵婚這個事情，會講故事所占的比重到底有多高，我很懷疑。「繼續講下去」和「最後會結婚」，是兩回事。

結婚是另外一個很制度化的事情。一個人如果在婚姻上面是個失敗者，不一定是因為不會講故事。而且從你書中的個案來看，從你的男演員們來看，很多都是結過婚的。婚姻是另外一個東西，單純的結婚是有一把尺的，即使這個人不會講故事，但是其他方面達到了標準，反而會讓人覺得可靠，而不是口甜舌滑。婚姻是另外一個東西，它通過不同的方法來殺死愛情，令愛情扭曲了，變質了。可是，當然，每次我說這樣的話，一定會有人說我反婚姻。不是，不要曲解我。婚姻有它的好處，是不可取代的，有安全感的部分，溫暖的部分，你要懂得技術，知道操作的藝術，再加上運氣，你可能會有一個不錯的、很享受的婚姻。但婚姻畢竟是特殊的。

我還是想說，通過殺死說故事、分享故事的機會來殺死愛情，我覺得這是最悲哀的部分。這個那個都被禁止的時候，我就沒有更多的故事來跟你分享，也就沒有「我的故事」了。這是可悲的。

陳：很多人都不知道什麼是婚姻。婚姻真的是愛情的墳墓，沒結婚的人根本不

知道婚姻是什麼？

馬：我真的很想寫一本書，書的開頭是這樣的：「女人都問錯問題了。」這麼多年來很多女人都哭訴：「為什麼會這樣？為什麼會這樣？我跟他的愛情這麼深，怎麼婚姻會這樣？」她們都問「為什麼」。她們問錯問題了，怎麼可能不這樣呢？就好像騎腳踏車，人跟人的關係，特別是愛情這樣的關係，跌倒是天經地義的。不要以為我們天生會騎腳踏車，裡面很複雜，我們掌握了步驟才使它平衡的。假如你一開始就問「我如何才能不令這個關係變成那樣」，你就會去找尋方法。

陳：我覺得婚姻需要好多好多的學問、智慧去支撐。

馬：學問、智慧、運氣、對手，還有一樣：代價。你要不要付出這種代價？當你問到代價的時候，背後就有一個計算了，我們可能不承認的計算。婚姻是兩個人的事，每個人對代價的付出能力是不一樣的，有些代價不是你想付就能付的，付不起怎麼辦？

陳：而且我覺得也不是你付出這麼多代價就一定會成功。代價加上運氣，整個是一體的，這五個東西是一體的。代價沒辦法計算。所有的東西在一起才

馬：好，才有可能。

馬：不講論述的話，我生命中感到婚姻作為一種制度死亡，就是戴安娜王妃和她的老公，兩人各有各偷吃，互相攻擊。世界上不管王室還是老百姓，都是要做出選擇，都要踏入這個制度，連他們都沒有辦法讓這個遊戲玩得活潑、體面、精彩，都願意弄成這樣。

陳：但是說到代價，男人和女人為婚姻付出的代價是不同的。

馬：好，這又回到論述。我相信世界上每一個國家都有一群女性，她們有才華、有學問、有獨立的思想，即是所謂的文化資產。我相信結婚不是一定要在家裡做家事，但是這個婚姻還是沒有辦法很快樂地維持，因為還是在這個制度裡面。我覺得還是前面說的，向別人傾訴故事、聆聽別人故事的欲望沒辦法分享，被局限。假如我們可以把這個制度調整，調整成說故事的能力、說故事的機會可以源源不斷地產生出來，甚至把這個東西帶進婚姻……

陳：是不是有一種可能，結婚但不要住在一起。我以前就曾經希望我的丈夫是我的鄰居，就住在樓下，我們不一定要天天見面。

馬：假如你的平衡能力很好……我的意思是除了傳統的，一定還有其他很普遍性的東西。接下來我要說的可能大陸讀者會有興趣。我先引用馬克思，第一個：生產力是往上走的，科技是一直進步的。第二個：生產力的進步是不可被壓制的，每一個年代的生產形態、生產關係、生產模式，都是符合當時的生產力而存在的。第三個，最精彩的：當生產力繼續走到另一個階段的時候，舊有的生產關係綁住它的時候，就會有革命，革命之後，我們就會有全新的生產形態、生產關係、生產關係和生產模式。講完了。我的論述就是，把這個套在男女關係、異性關係、生產關係上來說，一模一樣。分享故事、聆聽故事這個東西一定往上走，沒有東西可以壓制它，走的過程裡面就有更多的機會，三步不出閨門都可以，性跟愛的生產能力到了一個新的境界的時候，這種一夫一妻的關係就成了舊年代的東西，完全限制或者說應付不了，那就會有完全的革命。現在大的革命還沒出來，大家只好當偽君子，或者忍受，又或者從這個裡面逃脫，大家有不同的處理方法。舊有的婚姻關係到了糟糕的地步的時候，大家就不再願意進去。婚姻有其溫暖的部分、自在的部分，可是因為我們不敢改變，而舊有的婚姻制度又死板，所以只好從

裡面逃脫出來，其實也是悲劇。所以我們是在大的革命的前夕，希望下一代會比較好。

陳：那麼，你是覺得一夫一妻制度是不好的嗎，像法國總統沙克吉夫人認為的那樣？

馬：我認為，這種一夫一妻制度是有問題的。很難講對跟錯，我只能描述它出了什麼問題。就是我前面說的，把人們聽故事、說故事的機會給限制掉了。如果你承受得了，好，就這樣吧；或者是像我的很多朋友，不管男的、女的，他們很幸運，找到一個配偶，「沒關係啊，不會限制你。」

陳：這也是一種虛偽哦。

馬：怎麼會是虛偽呢？

陳：夫妻還是夫妻，但是兩個人都在外頭玩。

馬：那怎麼會是虛偽呢？他們給婚姻制度注入不一樣的酒。

陳：我覺得有兩種。一種是兩個都不說，一種是兩個都說。

馬：夫妻還是夫妻，但是兩個人都在外頭玩。

陳：選擇說，還是選擇不說。第一個……

馬：我反而感興趣為什麼要人家做這種事？選擇說或者不說，都有壓力，都要付出代價。坦白說，我們現有的這種婚

姻制度是基督教延伸下來的婚姻制度。一夫一妻是誰呀？亞當夏娃。接下來呢？再配合地說，社會主義的發展，資本主義的發展，核心家庭的穩定，再生產人力，勞工的再生產，配合這些而來的。假如整個社會的生產形態和整個的經濟體系都改變了，也強調多元化了，真的會有大的革命來臨。要等待大家跳出來，等待陳玉慧跳出來。

陳：不是我，哈哈。

大家還是很寂寞，很邊緣

時間：二〇一一年三月二日

地點：skype

梁文道（以下簡稱梁）：重看這本書，我覺得很有趣。

陳玉慧（以下簡稱陳）：真的嗎？

梁：對，因為⋯⋯怎麼講呢，我突然想到，「徵婚」已經是一個快要死掉的東西。

陳：是啊，你看現在，臉書等等，這麼多。

梁：對啊，現在還有誰需要「徵婚」呢？對不對？我忽然想到這個問題。這彷彿是在看二十年前那個已經過去的時代裡一種很特殊的社交形式。我想，某種意義上，現在很多網上的交友難道不都是一種「徵婚」或者「徵友」的做法嗎？當然，我們仍然可以看到一些比較傳統的、有趣的「徵婚」或者「徵友」，比如說，我很喜歡看《倫敦書評》（London Review of Books），它每一期的分類廣告上面都有很多「徵友」的文章，就是那種很小的分類廣告，我覺得他們寫得很風趣，甚至讓人覺得，寫的人可能不是認真的，而是在秀文采，寫一些東西逗大家一樂。後來《倫敦書評》還把這些「徵友」、「徵伴侶」的廣告單獨拿出來，變成一本書，那本書裡全部都是那些好玩的、風趣的、寫文章高手寫的那種「徵婚」、「徵友」、「徵婚」的廣告。所以，雖然我們有時候也還能看到這種「徵友」、「徵友」、「徵婚」的形式，可是，更多時候，比如在看這本《徵婚啟事》的時候，我就覺得：「哎呀，真的是好久遠的事情！」比如說，書裡面很多細節都是你約了一個男人在等，可是，他等不等得到你？你等不等得到他？某某人遲到了，某某人沒來……很多問題，這就讓我想到小時候筆友要見面的情形，到底

見不見呢？／到時候他／她不來怎麼辦？我覺得在如今這個手機的時代，好像這些都完全不是問題。我的意思是，「徵婚」的這種狀態已經是過去的狀態了！但是我這樣說並不是這本書已經過時，而是恰恰相反，因為這本書，我反而能夠看到，才不過二十年而已——二十年可以說很久，但也不是太久，只不過二十年而已——原來二十年前我們有這樣一種生活方式，有這樣一種社交方式，以及在這樣的方式裡折射出來的一些很特別的狀態。

梁：我很好奇，在中國大陸有沒有過「徵婚」這種形式？你知道嗎？

陳：我覺得應該是有的。八十年代、九十年代的時候都還有，其實到今天也還有。你知道，大陸的電視徵婚節目在過去一、兩年非常火，這是很奇怪的，今天還有誰有必要到電視上面去徵婚呢？我一直都很好奇，去電視上徵婚的到底都是些什麼樣的人呢？明明看起來應該很尷尬的事情，為什麼想到去電視上徵婚呢？當然以前也有這種節目，我好奇、驚訝的是，到了今天仍然有，而且還變成那麼紅的電視節目。在你這本書裡，我也有一個好奇，當時你剛剛回到台灣做劇場創作，想做這樣一個社會實驗，在這個社會實驗的過程裡會看到各種不同的人，這也是你想要做這件事的原因，

你想去看一看，去了解，這個社會上有哪些不同的人，甚至是邊緣人。但是我想，用這樣的方式去認識一些人，首先要有一個先天的環境或者視界（horizon），因為你認識這些人，是在彼此「徵婚」的條件下認識的，而在「徵婚」狀態下，人的狀態本來就比較尷尬，在書裡也能感到，大家似乎都覺得「徵婚」這件事是有點尷尬的、不是一個很能拿出手跟人家大聲討論的事，更不太會跟人說：「噢，我要去徵婚嘍！」並不是說很丟人，而是，不知道為什麼，大家都覺得這個事情有點難以啟齒。你覺得是這樣嗎？

梁：多多少少有一點，有點靦腆吧。我想這種感覺應該跟相親差不多吧。

好玩的是，我看你這本書裡面那些男人的狀態，我完全能夠想像那些男人的狀態，然而我沒有足夠的經驗，但我完全能想像得到——如果我去徵婚，我會怎麼樣。這裡面有很多男人，每個男人都是不一樣的，但是有好幾個男人，他們的那種靦腆，那種尷尬，都是我完全能夠想像的：「對，我們就應該是這種反應。」

陳：不過也有些人完全不尷尬，比如有一個人在電話中問：「女方幾歲？」我說

「女方三十歲。」他立刻掛電話。

梁：對對對，還有一個說什麼……他的性技巧很好。哈哈。

陳：哈哈。對，所以我也說過，這有一點像社會學。其實我對形式很著迷，一直想著在這個形式裡怎麼創作。

梁：是。所以這整個的，就是一個人的狀態（situation），「徵婚」本身就是一個人的處境，而在這樣的處境下，你們的反應、你們的交流、你們的互動……你當時有沒有覺得這些其實已經被「徵婚」這個狀態決定了，至少是部分地被決定了。

陳：我覺得東方人對「單身」這件事的看法比較負面。假如一個人要去徵婚找對象，基本上人們的看法會比較負面。就像這本書裡有一個人，他來徵婚，就問我：「你平常都做什麼？」我說有時候會去看電影。他就說：「你平常都是一個人去看電影嗎？」我說對呀。然後他就說：「你這樣好像社會遺棄一個人，你不覺得自己很可憐嗎？」所以我就意識到，在東方社會裡，不管是台灣，還是大陸、香港，我想大概都差不多，當一個人到了適婚年紀還是單身的話，就會被視為「可憐的」，因為我們華人好像不

太了解有時候一個人應該要「獨處」，或者「孤獨」，類似這樣的題目，他們比較不太容易接受這種東西，只要你是單身的，好像就都是負面的。因為如此，所以在徵婚的時候，人家會覺得你有點可憐，尤其我又是女的。從他們的反應裡面，我會得到這種感覺。

梁：那麼，你覺得「單身很可憐」的這種狀態，是不是到今天還是如此呢？我覺得可能是。

陳：對。我也在西方生活過，可以說大半生都待在西方。西方社會對「單身」這件事沒有這麼負面，一個人單身也能被接受，至少負面的程度沒有東方那麼強烈。

梁：沒錯。比如說去年在中國有一個詞很流行，叫「剩女」，剩下來的女人。這個說法好可怕，對不對？你要知道，這背後的意思很奇怪。因為按照人口來計算，今天中國的男女是失調的，光棍遠比單身女性多。在這種情況下，我們應該討論的是光棍，也就是「剩男」的現象才對，可是整個中國社會的主流，電視、雜誌、報紙、網路……大家談論的都是「剩女」。為什麼大家會關心剩女呢？我想說，這反過來表示，今天中國的社會現實

陳：是，很多女性已經有相當的經濟能力或者要求，使她們能夠接受比如年齡過了三十還不結婚這樣的狀況。但是，整個社會沒有跟上這樣的社會現實，人們還是保守的，所以才會這麼不合理、不合乎現實地去談論「剩女」。

梁：我前一陣子注意到日本有一個新聞，那個新聞又讓我有點受到刺激，日本的「銀髮族」，就是指女性到了一定年紀，就離婚了，自己過自己的生活，因為她一輩子服侍男性，覺得這樣下去沒有辦法自由地生活。所以，從好的一面來說，這也是一種「剩女」。

陳：對。我本身是廣東人，廣東有一個地方叫順德，順德有一種「自梳女」，為什麼叫自梳女？就是自己給自己梳頭。一般是在女兒出嫁的前一天，由家裡面的女性長輩來給這個女兒梳頭，表示她要嫁人了。但是在順德，自梳女的這種做法表示，她們下決心不嫁人，而家裡也默許這種習俗。這些女人可能打工，給人家做幫傭，也就是「媽姐」，等到她們年紀大了，就成群結隊地買房子住在一起，這種房子叫「姑婆屋」。

梁：是「蕾絲邊」（lesbian）嗎？

梁：這就是最有趣的地方了。也許不能說她們是「蕾絲邊」，很難說，也許是，也許不是，也許介於兩者之間。中國以前沒有很明確地命名「基」（gay）和「蕾絲邊」（lesbian），我們不知道她們是不是，但是很獨特，而且整個廣東社會都允許這種狀態存在。也不見得特別貶視，就是有這麼一群人，怪怪的，也不結婚，住在一起，互相扶持，甚至義結金蘭，死了之後葬在一起。她們脫離了主流社會，但是主流社會又認為，這也是一種生活方式。

陳：我跟你說，那時候我徵完婚就想當「自梳女」，不想結婚了，結果突然就認識了我先生，就結婚了。所以呢，可能有「剩女」精神也不錯，可能就會比較容易結婚。

梁：可是，你在徵婚的時候見了一百多個男人之後不想結婚，是不是那個過程讓你很麻木，或者很失望？

陳：就是覺得不可能。每個人都那麼不一樣，你怎麼可能在人群中隨便找到一個？機率實在太小了。而且我意識到自己的獨特性太強了，太跟人家不一樣了。

徵婚啟事　222

梁：說到這裡我就想說你這本書。我以前也看過，現在又重讀。我覺得你的語調很冷漠。

陳：你覺得我寫作的語調很冷漠？

梁：有一種「你彷彿在那裡面但是又不在那裡面」的感覺。我不知道是不是一開始你的目的就很特別：一方面，你可能真的在徵婚；另一方面，你很清楚這是創作的一部分。好像有一個旁觀的角度，把自己一分為二，在看著這個過程，那個感覺就很冷漠，感覺冷冷的，好像一個人在旁觀：「啊，你看這個男人怎麼樣？」哪怕在談論你自己的時候，我都覺得是很有距離的。

陳：我基本上會有這種態度。

梁：你知道這種語調是很特別的，在你以後的作品裡面都沒有。

陳：這對我本身來說也是很獨特的。我有點把這整件事看成是波爾「無形劇場」，這是一齣戲，大家都在看這齣戲。會有這種感覺，對吧？

梁：所以你在那時候，身體裡會有一個角色跑出來吧？

陳：對，我是演我自己。但是又有點靦腆：自己穿得很奇怪，又站在路邊等

梁：人，很尷尬，心想萬一被家人看到怎麼辦……

陳：哈哈！很難去解釋，對不對？

梁：對。我很忠實地記錄下來，也記錄我自己，並不是只有記錄別人。

陳：我記得波爾曾經形容，所有的觀眾也都是演員。這能不能用來形容你當時的狀態呢？

梁：基本上任何發生的當場都是戲劇的表演。我記得很多的時刻（moment），比如說有一位男士很堅持要在旅館的角落和我聊天，而且堅持就是「那個」角落。我當時就覺得：「啊，現在要演什麼戲了？」好有趣，好有趣，就跟著他去了，原來是旅館頂樓的一個小休息室（lobby）裡面有人。然後他就問我跟他在一起要多少錢？也許他覺得這是一個色情廣告。他不太相信這是真的在徵婚。我說：「是真的啊！」他就想了想，說：「是嗎？」

陳：我想到這本書裡面好幾個男人都提到類似的問題。你們見面的時候，很多時候不是在談論對方，或者向對方談論自己，而是先談論「徵婚」本身。

梁：可能當時大家會覺得，一個女人去徵婚就意味著她已經沒有辦法，這個「剩女」已經「剩」到不行了。男的徵婚可能還會好一點。女的徵婚可能

就會被認為是色情廣告。

梁：可是，真的有這樣的色情廣告嗎？

陳：台灣有一些「婚友介紹所」，其實是在做色情生意。

梁：原來真的會有這樣的事情。

陳：我最近去埃及採訪茉莉花革命，在路上碰到一個軍人，他說，他需要一個「朋友」。我說，不，你需要一個總統。

梁：哈哈。你有沒有覺得，其實你去到的那些地區，那些男人都會很主動地說這些事。

陳：對。我在巴黎也遇到很多這樣的男人，在街上跟在女生後面，他們就是會說出需要。東方人不會。在這本書裡，有一個人會對他的朋友說，結婚很好啊。反而讓我覺得，這是因為他們沒有性生活，而結婚可以讓他們有性生活。

梁：有這麼嚴重嗎？

陳：有一些會是這樣。一般人還是覺得，結了婚可以有人照顧他們的生活，可以幫他們生小孩。我聽到最後都想說：你乾脆請一個傭人好了，幫你照顧

梁：哈哈。這樣好像還滿多的，很多男人都這麼想。

陳：東方人，是吧？

梁：是。很多東方人都是這樣。你剛才說的那個詞太好了，他基本上就是要請「傭人」這種感覺。

陳：真的，他講的每一句話都是在請「傭人」的感覺。

梁：沒錯。而且這個「傭人」還提供性服務。

陳：而且這「傭人」最好在外頭還有一份工作。

梁：對，也不用花他的錢。

陳：哈哈，好可怕，這樣誰要結婚啊？

梁：今天的中國滿奇怪的。過去的一年中很熱鬧的社會現象裡，除了「剩女」，還有一個就是，很多人都在談論嫁給「富二代」。我有一個記者朋友現在做一份建築雜誌，在這個雜誌裡工作的很多女性都很時髦、很洋派，跟她們聊人生理想的時候，十個裡面有八個都會說，嫁給一個有錢的老公，然後就不再做事了。這真是一個非常流行的說法。為什麼這麼多女

家人、掃地、煮飯……

陳：都是灰姑娘的受害者。

梁：後來我就稍微明白了，因為大家要擔心的東西太多。比如醫療、養老、孩子教育以及其他的問題。在歐洲，一個女人想要結婚的時候不會去考慮以後養老的問題，因為婚姻不是解決這些問題的手段。所以，再說回來，一個女人如果要徵婚，可能表示她需要解決這些問題已經到了非常迫切的地步。二十年前的台灣，你寫這本書的時候，有這麼迫切嗎？

陳：可能不那麼迫切吧！當然，我要承認，當時我並不是非要結婚不可。二十幾年前的台灣，未婚的女性大部分都是高教育，生活條件也比較好，但是失婚率高的也是這些人。這裡面有很多問題。

梁：你覺得現在重新出版這本書有什麼意義？

陳：《徵婚啟事》一直都是在寫現代社會中的寂寞感，但寂寞感不是結了婚就能解決的，這些都是我後來慢慢知道的。很多人覺得，因為沒有結婚，所以感到落寞。這些其實都是想像。很多人結婚以後，生活品質更差。我

覺得大家對婚姻有太多的幻想了，從這本書裡可以看出，婚姻也是一個假象，不見得你結了婚就會好，不見得你找到一個對象就會好。我不是道道地地的女性主義者，但至少支持女權。我覺得怎麼可能找到一個有錢人或者有權人就會生活得好？怎麼會有人相信這個？你的快樂不應該是別人給的。我覺得很多人對婚姻太多幻想了。

梁：那麼，你覺得是不是因為大家太寂寞了？

陳：如果以為解決孤單、解決寂寞的辦法就是婚姻，那麼很多結了婚的人都要捫心自問：是不是結婚之後更寂寞了？

梁：以你這部作品來說，「徵婚」是一個特別的處境。如果一個人去登「徵婚」廣告，本身就很特別，能不能這麼講，這樣的人其實是邊緣人？

陳：對，我們常常說社會不公平，尤其是在資本主義氾濫的情況下，有的人要多少錢就有多少錢，有的人卻怎麼都賺不到錢。以婚姻、情感來講，也是一樣，有的人要劈腿多少人就劈腿多少人，有的人就是找不到性對象。因為這個社會有很多標籤。可是，這些標籤是誰定的？有的人，人家一看到那張臉就說「他怎麼都娶不到老婆」。感情也是，有的人怎麼也得不到。

梁：這個層面上的公平不公平很少有人提出來說：這也是一個社會問題。這種公平不公平更不是一般政治學會去討論的工具。

陳：對，人們一般不去想這是一個問題，但仔細想想，這也是一個問題啊，為什麼他就這麼倒楣？他也是好好一個人啊！

梁：一般會說，這就是命運。

陳：因為他的職業，因為他的生活環境，他就是永遠找不到對象。有的人就很幸運。這是不是很神祕？

梁：這就是命運。我很好奇你當時做這件事的時候是一個寂寞的人嗎？

陳：我從小很容易有孤單感，現在這個孤單感有點褪色了。但是「孤單感」本身是寫作之「惡」，所以我還是有意識地保持一點孤單感。我在歐洲住久了，每次回來都覺得，東方人的生活好像都是滿滿的，每天都有一大堆事情要做，這個人要見，那個事要做，人跟人的距離很密，好像不太容易有孤單感。我在歐洲的時候，即使最好的朋友，一個月也不過見一、兩次，很多時候都是一個人，有時候甚至不會見到什麼人。對孤單這件事，我很欣然地接受。但是回來之後就會覺得，很多人都排斥有一個「孤單」的空

梁：也許我們都把孤單給「消滅」了，也許我們都很孤單，但是掩蓋得很好。問題是我們很少有機會獨處，很少有機會面對自己。我常常覺得，在這個時代，有一個問題是「過度溝通」，有時候大家一邊吃飯聊天一邊各自在按手機按鍵，常常一抬頭發現，根本沒有人在看你，每個人都在場又好像都不在場。微博上也是，無時無刻不在寫，吃飯的時候也在寫，隨時在溝通，隨時在人群之中，隨時都在跟社會聯繫。到底他們是不孤單呢？還是太害怕孤單呢？假如沒有手機，沒有電腦，他們會不會受不了？會不會瘋掉？反而，你剛才說的那種身在歐洲感到的孤單，我覺得嚴格來講並不是寂寞，而是很真誠地、好好地看看自己。

陳：你提出這個「過度溝通」很有趣。以前是溝通不夠才會徵婚，那麼現在「過度溝通」了，還需要什麼呢？

梁：所以現在上電視徵婚的人很不一樣。他們一點都不像你書裡寫的，他們好

間，每個人的日程都排得滿滿的。在台灣，大家很喜歡講一個詞，叫「趴趴走」，很多人覺得奇怪，怎麼會孤單呢？每天這裡逛逛，那裡吃吃，就好了。

陽光，好帥……

陳：就是炫耀（show off）吧。

梁：對，就是炫耀啊！

陳：就像你說的「過度溝通」，每個人不停地把自己的東西「貼」上去，就會愈來愈空洞化，到最後就變成大家都在自戀，其實反而不需要徵婚了。大家都太自我，這是一個自我的世代，「過度溝通」反而沒有溝通。

梁：繞了一個圈，我們再回到二十年前你寫這本書的時候。我看到二十年前那些欠缺溝通的人，他們真的渴望溝通，所以在進入一個溝通狀態的時候，他們尷尬、靦腆，然後有各種的錯失……

陳：對，因為他們對溝通的形式不熟悉。

梁：或者他們覺得，太陌生了，對不對？今天的溝通是太過度了，但是其實也沒有怎麼溝通，都在自己說自己。所以，二十年前的沒有溝通，和今天的沒有溝通——或者是「過度溝通」下的不溝通——恰好是很大的對照。

陳：說得好。

梁：我在春節重讀這本書，真的感覺好特別。一方面恍如隔世，另一方面又很

有當代的感覺。當下的時代，貌似跟二十年前很不一樣，但其實不是，大家還是很寂寞，很邊緣。

我相信愛情，不是婚姻

時間：二〇一四年十月十二日

地點：台北青田七六

謝哲青（以下簡稱謝）：為什麼在這麼多年後，再度出版《徵婚啟事》這本書？

陳玉慧（以下簡稱陳）：真的很多年了，它是自然而然成為一本可以再版的書，要感謝讀者。

謝：是你的作品中最被大家談寫的一本對不對？

陳：對，可能議題的特殊性，它曾被改編電影，如今又二度賣出電影版權。

謝：它被拍過一次電影，劉若英的版本……

陳：這個議題似乎歷久彌新，不退流行。

謝：其實《徵婚啟事》是一個非常特別的作品，我自己差不多二十多年前，就已經注意到。

陳：你注意到什麼？

謝：我覺得《徵婚啟事》一書最特別的地方便在於以這種徵婚的形式來做男女感情的論述。廿年前，那時男女之間情感的角力，沒有那麼懸殊。現在反而男生成為弱勢，女生可能條件太好了，好到她不知道在這麼多平庸的男人中，怎麼去挑一個廝守終身的人。我也認識很多仍然未婚的女孩子，她們說「不是他們不好，而是沒有好到可以當終身伴侶」。

陳：現代女孩最後的選擇是，妳要跟一個不怎麼好的人在一起，還是妳想要獨自生活下去？

謝：就我自己的成長歷程來說，我覺得大部分台灣男生都是按部就班的，他們

陳：連談感情的方式都是按部就班。

陳：台灣的男生怎麼按部就班？

謝：我覺得他們把愛情和婚姻當考試，從廿年前，大概就是教改的時候，那時開始他們學的是建構式數學，我覺得他們談感情就像是建構式愛情。

陳：可不可以解釋一下？

謝：男生預想什麼東西就是一百分，慢慢來扣。女生是從男生是零分開始來算，慢慢加。所以為什麼女生找不到伴侶，是因為她加不到及格的標準。

陳：男生是用加法？女生是用減法？

謝：應該說女生用的是加法，就是一開始完全沒意思，或是說一見鍾情基礎分是十分吧！然後，慢慢從生活小細節去累積之間的默契，要累積到一個門檻。但我感覺台灣男生沒有自信，並不是說那種要帥，而是就物質上，台灣男生容易自卑。以我自己來講，我在工作過程其實並不順利，我工作了很久，但沒有固定收入，甚至沒有第一桶金，我的女朋友一個一個跑掉，我有很長一段的魯蛇（loser）人生，我的人生有很大的變化是這六、七年。在那樣子時，反正我們也沒有女孩子一定會嫁給我們的條件，就算女

孩子願意，我們沒有房子、沒有車子，對方父母也會挑剔。我被挑剔過非

常多次，所以後來對感情也會怕。

陳：所以你才說現在的台灣男生很弱勢。

謝：很弱勢，其實是情感上的弱勢。

陳：所以都是魯蛇嗎？

謝：他們情感上雖然很弱勢，可是很霸道。

陳：因為弱勢所以霸道，因為自卑所以自大。

謝：對，他就要虛張聲勢、張牙舞爪。

陳：那這樣子跟他們結婚很辛苦對不對？

謝：他們就是在找另一個媽媽而已，一開始沒有感覺，生活久了對女性的依賴

就愈來愈強。

陳：你讓我想到，我在徵婚時遇到很多人在找賢內助，不但要生兒育女照料他

的父母，而且還要女方有一份工作。女性等於要做二件事，男性只要做一

件便成。

謝：當時男生可能對分擔生活沒有概念，現在的男性比較願意幫忙。

陳：你的結婚條件要求？

謝：三個，第一是善良，第二是世故。不，第一是世故。

陳：世故？

謝：我覺得女生夠世故是一個非常重要的事情。我母親是一個非常天真的人，所以我很怕碰到一個像我母親那樣的人，容易受傷害的人，我覺得世故一點的人他可以保護自己、保護家人跟身邊的朋友，世故並不是長袖善舞、八面玲瓏，是在很多人情應對上。

陳：那第三個條件呢？

謝：第三是要溫柔，並不是嗲聲嗲氣，是對人事物都有情有義。我覺得這三個加起來很好，我不是要求女生，我希望自己也是這樣。

陳：好像天真的人比較浪漫，而世故的人不浪漫？

謝：我覺得倒不是，世故的人的那種浪漫，是一種心神相會、心有靈犀的，就好像我們看見一個人，共同想起一個人，那種感覺是很微妙的。所以，像我要的這種條件，我沒有辦法寫成一則徵婚啟事。

陳：你對徵婚這件事有何看法？

謝：徵婚和相親相較，徵婚算屬於比較操之在我，是自己作莊。

陳：相親比較是被動的，要走也走不了。

謝：這也是《徵婚啟事》有意思的部分。

陳：你相信婚姻這個制度嗎？

謝：這個問題其實很不錯，我相信婚姻制度。

陳：婚姻沒有壞處嗎？

謝：它沒有好處，也沒有壞處。婚姻它特別的地方其實是種社會默契，你可透過宗教的力量變得很神聖，變成神諭下的有緣人，也可以簡單就是兩個人花前月下。

陳：所以結婚只是一個你愛她的承諾嗎？

謝：是啊！在台灣就是如此。如果是國外，結婚至少有一些法律上的保障。台灣人的婚姻並沒有什麼保障。

陳：你覺得婚姻生活跟愛情生活有什麼不一樣？

謝：當然不一樣，我覺得愛情生活畢竟是比較自我、自私的，當你決定投入婚姻或家庭，在我們東方文化裡面，有一個部分就是責任感。

陳：愛情應該也有啊！

謝：其實沒有那麼強制。大部分的人，有些男生也會這樣，就覺得兩個人如果沒有走入婚姻，好像就少了什麼，多一點不確定的感覺。

陳：為什麼會有這樣的想法呢？

謝：我覺得人對於未來，不只是社會層次上，好像多了婚姻比較可以看到未來。

陳：很多女生壓力因此很大，除了婚姻還有要不要生育的壓力。

謝：男生也有男生的壓力。

陳：男生的壓力是什麼？

謝：其實很多。我講一個最簡單的，就是怕婚禮這件事情，婚禮是很可怕的事情。

陳：怕婚禮，你好像把它說得很嚴重。因為在我們東方社會裡面，婚禮是一件很重要的事嗎？這好像是在中國大陸或第三世界像印度這種國家才有的。

謝：在印度，其實是女生付全額的婚禮費用。男方是帶著一筆錢去，把對方養大的費用付了。真正付錢的是女方的父母親，這是為什麼在印度，生女兒會哭……

陳：在二十幾年前，讀《徵婚啟事》時，對這本書有什麼看法？

謝：我覺得作者指出了愛情跟婚姻的荒謬性，在《徵婚啟事》下，愛情跟婚姻變得沒有關係。就像羅蘭・巴特在《寫作的零度》說的，書寫出來之後就不是作者的意思，而是讀者的意思。這本書給我的感覺就是，難道愛情跟婚姻沒有辦法畫上等號嗎？我就是為了要結婚而結婚嗎？

陳：愛情跟婚姻有沒有辦法畫上等號呢？

謝：那老師你覺得呢？

陳：我覺得因為我現在已經結過婚，對結婚的看法，跟以前沒結過婚前的看法完全不同。沒有結婚的人，好像覺得結婚很神聖，一定要結婚。相反地，結過婚的人，尤其是走過婚姻，覺得婚姻這制度還滿困難的，是說人要跟一個人一起生活一輩子，不准對他人有合法的興趣，因為你還是會有興趣，但是那是不合法的。這其實是很不人性的一個制度。以前有人主張同居，那其實也是自欺欺人，跟結婚也沒什麼不同，可能有人不願意負結婚的責任，就主張同居。東方社會有一點太誇張，太重視婚姻這件事情，會造成很多男生跟女生很大的壓力。

謝：所以老師你反對婚姻制度嗎？

陳：我不反對婚姻制度，但經歷這麼多年，這本書都好幾版了，我突然覺得看穿婚姻制度，就覺得不用那麼認真，不用非結婚不可，結婚也不是未來美好的保障。

謝：我覺得從來沒有人說婚姻就是一件美好的保障，我從來也沒有這麼認為，我父母親的婚姻就非常地失敗。

陳：對你有什麼警惕嗎？

謝：就是不結婚嗎？

陳：可是你結啦？

謝：我結了，因為我相信。我相信愛情這件事情，婚姻對我來說就是一個附加，如果這樣子，可以讓我們在這個社會、在生活的時候、跟周圍人在相處的時候可以少一些困擾，我覺得這一件好的事情。

陳：怎麼說？

謝：總不用被別人逼著問什麼時候要結婚。我是算很傳統、保守的一個台灣男生。我認為就是，如果兩個人到一定程度之後，就是也不能說是保障、

guarantee，就是一個默契，就是說我願意跟你結婚。我的想法可能比較天真跟浪漫，我認為我希望的人生的下半輩子，這個人可以見證我的生命，我也可以用合法的方式見證她的生命，共同創造生活。一個可能是我還年輕吧！踏入婚姻也才四五年，所以我還是抱著這種天真的想法！但是我情願抱著美好的想法來看待生活。當然我們看過很多失敗、生離死別，但如果因為這樣就不要，這樣人生太悲哀了，完全沒有抱著希望。我是喜歡抱著希望來過生活。婚姻代表我們相信這個世界。不是相信這個制度，你要的話出去找一個，不要的話，講我不愛你，離婚就好了。其實婚姻很薄弱，就跟那張紙一樣。

陳：你剛才說，女生擇偶條件比男生好，為什麼會這樣？所以女生擇偶就比男生困難嗎？

謝：是因為婚姻有一個很大的特色，愛情很大的特色，兩個人想互相一起往前往前是很大的生命的動力，如果我們兩個就停滯，一個往前，一個這樣子，這個愛情就產生了落差，婚姻也是這樣就沒辦法在一起了。我覺得在婚姻跟愛情這個事情裡，兩個人是有一點競爭，你往前我就要繼續往前。

陳：那如果一個人停滯呢？

謝：一個人停滯，一個人繼續往前的時候，兩個人距離就拉開，我不認為這樣子的愛情容易維持下去，我在父母親身上看到非常明顯。情感這件事兩個人必須要一起往前。

陳：婚姻生活提供某種安全感，人的生活需要適度的安全感，可是它當然也帶來很多限制。我也同意你，兩個人是要一起成長。我常覺得看見兩個相愛的戀人，二人對看，四目相視，其實我覺得這是錯的，應該是站在一起，四個眼睛一起往前看，而不是互相看，這樣子看只有你跟我，就慢慢什麼外面的都沒了，所以應該是打開目光，往前走。可是生命有時候沒有什麼邏輯，愛情也沒什麼邏輯。愛情有「生、老、病、死」，跟人一樣！可能突然間愛情就走不下去了！任何婚姻也一樣，有內外在一些因素，可能突然走不下去了，一個人沒有辦法再成長了，往內縮、萎縮了、凋謝了……旁邊那個人可以去提攜他嗎？提醒他嗎？也不見得。這可能是大家說的「愛情和婚姻需要經營」。

謝：難道不應該嗎？

陳：但說真的，經營還滿難的，不見得每個人都學得會。生活慢慢會有一個 routine，大家都會安於現狀，不見得可以隨時變通。

謝：我覺得那種變換不僅是為了伴侶，也是為了自己。

陳：就是每天都要長出一點新的東西，好像一顆小樹苗一直長大。我不是悲觀主義，只是也必須說，婚姻如果不美好，大家可以寬容一點。

謝：我覺得婚姻跟世界一樣，它本來就是不美好，它不是完美的制度。它有很多設計上的缺陷，完全不符合人性。其實存在主義就點出這個問題，我們世界充滿了混亂、絕望跟失望，婚姻好像是唯一可以給我們一點方向感的東西。

陳：婚姻可以指引我們人生的迷津？

謝：哥倫布在航海時超出了地圖。愛情某種程度就像航海，它是在航海圖上已知的世界，婚姻對很多人來講它是未知的，離開了地圖以外。哥倫布離開了地圖之外航行，他的船上六十七個船員，每天都想把他殺了，把船調頭，他的航海日誌，「今天方向西南西繼續前進」，連續寫了四十三天，

陳：後來才看到陸地。所以我覺得在婚姻上，唯一就是信念，愛情跟婚姻要維持，最重要就是相信。

陳：這種相信是不是愛情的盲目啊？

謝：這就是人生的一堂課啊！我不認為什麼事都可以這麼理性，我反而認為就算是錯誤、後悔，我都要試一次。我十幾、二十歲常出入派出所，我是一個讓家庭父母失望透頂的孩子，我知道讓人失望是什麼樣子，所以我不希望在愛情中讓人家失望。我為什麼這樣，因為我要報復他們，但報復久了勝利感會消失，取而代之的是罪惡感。愛情裡是很複雜的東西，就某種程度上，有了責任，做不到就會有罪惡感。我為什麼不敢走入婚姻，因為我好像沒有辦一個好的婚禮。其實我也可以很自私，說「這就是我的生活，不干你的事」，但我沒辦法那麼自私，我希望照顧到身邊人的想法。

陳：好萊塢電影對大眾的影響還滿大的，電影內容一直都把結婚當作愛情最高的表現，好像這才是應有的結局，如果不做這件事情就不是happy ending。

謝：美國其實是一個清教徒國家，戲劇、電影的內容不外是美國人對婚姻的期待，所以到最後一定會把婚姻神聖化。

245　附錄

陳：還有美國很強調家庭價值，所以婚姻非常重要。

謝：我注意到美國人辦公室的升遷，要看你的辦公桌有沒有放家庭的照片，一個人是不是要升成主管，竟然是看全家福……

陳：結婚附帶優點是不是可以讓你專心去工作？

謝：當然不是，婚姻就要協調。只是婚姻有個特別之處，就是滿足男生的占有欲這件事，婚姻就讓它合法化，讓她變成我的。就像買車子、買房子，要去辦個過戶。

陳：愛情或婚姻，不應該把對方當成一個物品吧！

謝：你是指物化，可是對方也會把我物化（笑）……這是自私的一面，當我想要占有她，社會有公布一套遊戲規則，我們可以合法的占有這些東西。

陳：但畢竟是一個人不是東西啊！

謝：對，對方也是這樣來佔有我們，這是一個社會的遊戲，我們按照社會的規矩來走……婚姻，講到底便是相信愛情。

陳：但如今百分之三十幾的離婚率，你還這麼相信婚姻嗎？

謝：我不是相信婚姻，我相信愛情。但如果我們的愛情讓婚姻走不下去，那

陳：它只有結束，這是愛情、不是婚姻的問題，如果兩個人沒有愛、親情、信任，那婚姻走得下去才詭異。那可能會是另外一本小說的故事。

謝：照你這樣講，如果愛得不夠深，就不要結婚。

陳：我覺得是這樣子，如果愛得不夠深，走入婚姻很危險，我看過那種到最後兩邊就是家破人亡。

謝：你沒有看過那種，結婚時對愛情充滿信仰，結婚以後慢慢走入胡同？

陳：有。

謝：是運氣不好嗎？

陳：我覺得我是運氣好看過這麼多。我有很多的例子，成功跟失敗，而且失敗多於成功，因為我是藍領階級出身，大部分都是貧賤夫妻百事哀。很多人都是經濟這一關過不去，出了很多問題。但那是他們的人生，我們無權干涉，他們最後那樣子決定。但我覺得他們少了一個東西，信任，不只是相信對方，還有相信自己。這是很微妙、細微的東西。

陳：這世界這麼大，有幾十億人，你選擇這個人，要跟他共度一生，你相信你們會走一段很好的路。可能有的人沒法找到那個人，真的是無緣？

謝：不管緣分有無，很多事都會生變。生命很多變數，生命變數加進來的時候，就算痛徹心扉再怎麼難過，還是要放手要離開。

陳：你說你相信愛情所以你結婚，愛情裡面就要共同成長，保持一點新鮮度，結婚後，我們可以往前一起走，這需要彼此認同、默契，可能還要一些共同計畫……

謝：計畫不一定要有，默契要有。

陳：而且不干涉彼此……

謝：我覺得這就是學習，不干涉彼此是非常困難的事情，我覺得人只要跟對方生活太緊密的時候，總會想要在某個程度上去干擾、干涉對方。

陳：你有一些些夫妻相處的訣竅嗎？

謝：我覺得沒有，跟每個情人相處的方式都完全不同。

陳：是不是該保持自我的空間，保持某一種的神祕？

謝：天天生活在一起便難有神祕感了！

陳：萬一你的情人在你面前放了一個屁？

謝：這是生活，這不是愛情。

陳：但如果她真的放了一個屁，愛情便毀了？

謝：沒有沒有，如果這樣就毀了，那愛情也太脆弱了！但其實，我很不喜歡女生吃飯的時候，像閩南語說那種「幼秀」，我喜歡胃口好的女孩子，因為吃是一件很開心的事情啊！表示她是一個會享受生活的人，當然不需要張牙舞爪那樣。

陳：我跟你相反，我很怕吃相難看的人。讓人感覺到那個欲望、嚼勁，當然那是一種生命力，但還有人性、貪婪……。我很怕貪吃的人。

陳：我對伴侶的第一要求是聊得來，有的人就覺得不重要。你要求伴侶的條件是什麼？

謝：所以每個人不一樣，婚姻這種事情，沒有什麼放諸四海皆準的。男生有的時候就是要學習傾聽這件事，我跟我老婆講話每天都是一個考驗，我可能有事情要做，或要看電視，我就會忍痛關掉電視，她沒有要求我這樣做，但我希望她覺得我是尊重她的。

陳：但我想這是因為你想做個好的伴侶，所以你想要當個傾聽者、提供安全感等等。你決定要跟她結婚，一定是你有一點勝算，覺得跟他在一起會幸

福，你看到了未來與共同生活的可能性。你有了想像和畫面。

謝：結婚的時候我什麼都沒有的，當時我還沒有在媒體圈工作，我也沒有寫任何一本書，也沒有部落格，當時我是一窮二白的，我跟我老婆講說妳嫁給我是沒有任何好處的，我們唯一可以是試著去組一個家。她家庭是很薄弱的，她也渴望有一個家，我也渴望有個家，我們兩個就碰到了。覺得兩個人好像在一起會有趣。

陳：對婚姻生活從來沒失望過。

謝：有，也有失望的時刻。

陳：你是怎麼自我調整？

謝：像有時候是溝通不良或認知落差，就很容易有口角。

陳：你是那個道歉的人嗎？

謝：大部分是，有關於道德原則的我就不會讓步，如果只是面子的話，面子可以不重要，我要的是裡子。那老師你相信愛情嗎？

陳：我不像從前那麼相信愛情，更年輕的時候是盲目的，覺得愛情至上，是很神聖的，慢慢地發現生命也不盡完美，愛情也不盡完美，其實應該說，沒

徵婚啟事　　250

有完美的愛情。慢慢地接受愛情不完美就是完美。這個過程需要付出好多

謝：老師雖然相信愛情不完美，但願意去擁抱它，這就是我對愛情跟婚姻的看
　　法。

陳：我也是一樣，愛一個人，當然願意馬上結婚。像我以前，要交一個男朋友，
　　就先測試他要不要跟我結婚，他如果願意的話才交往。我從前對愛情、婚
　　姻比較保守一點。

謝：這方面我都一樣。如果你相信愛情不完美，那你現在怎麼看
　　徵婚啟事這件事？

陳：其實現在每個人都在徵婚，臉書上感情狀態標示出來就是在徵婚，時代不
　　同了，現代人進入一個比較開放的「輕情色時代」，一般女生都露大腿、露
　　胸、自拍，沉溺於自拍，就是一直告訴大家「I'm delicious」，這早就已經
　　超過徵婚了。以前大家都遮遮掩掩，把徵婚當成何等的大事啊！

謝：所以我覺得很奇妙，妳相信愛情這件事情，應該不會去做徵婚這件事情。

陳：當年是對婚姻有點小質疑。當時處境是，跟一個男友論及婚嫁，但他家人
　　學費，要和著血、留著淚去走過。

反對，我不知道婚姻會有這麼多的外在因素，婚姻不是一件簡單的事情。

所以把這件事做成一個藝術作品，希望透過這個藝術作品去了解多一點事情，關於婚姻、關於我自己。後來徵婚結束，我寫了這本書，並說，我不會結婚，至少不會因為徵婚而結婚。可是才說完這句話，馬上就在電影院碰到明夏而決定閃婚。

謝：所以這就是生活充滿不可知的因素。

陳：生活其實很多的未知、不可知。

謝：就某程度上來講，徵婚是不是選擇不相信愛情，暫別愛情？

陳：我倒覺得，很多人慢慢有種不婚主義，覺得與其我找不到什麼人，何必一定要結婚。我們今天重新出版《徵婚啟事》，或重新再講徵婚這件事，不過是透過這符碼，再去深思我們跟婚姻是什麼關係？婚姻到底是什麼？而非只是在談為什麼要徵婚？徵婚有用嗎？是回到婚姻的看法，重新關照婚姻到底是什麼，我們需要婚姻嗎？婚姻合理嗎？婚姻人性嗎？這制度好嗎？

謝：婚姻這件事情最特別的地方是說，走進去才知道你需不需要，才覺得了不了解它。

陳：對，沒有結婚不知道婚姻是什麼。

謝：所以我覺得《徵婚啟事》這本書本來就是充滿了想像，徵婚啟事這件事是一個格格不入的人，想辦法融入這社會，經過了這段波折後，他接受了自己的格格不入。

陳：你的看法是這樣。

謝：我覺得它最大的意義在這裡，「我想要跟大家一樣，我不要被大家用不一樣的眼光來看待」。

陳：徵婚的形式可能變了，但婚姻制度沒變。

謝：台灣男生對追求女性這件事情是勇敢的，但對婚姻卻懦弱、卻步、害怕。

陳：所以也有人說，兩個人可能適合戀愛，但不適合結婚，那你會說他們不夠相愛嗎？

謝：不會，因為我不是他們兩個。

陳：謝謝你的對談。

（錄音文字整理：漫步文化／修改：陳玉慧）

track 1

徵婚啟事（二十五週年紀念版）

作　　　者	陳玉慧
總 編 輯	柳淑惠
執行編輯	吳芳碩
校　　　對	李鳳珠、陳玉慧
封面設計	黃思維
內頁版型	吳宣慧
社　　　長	郭重興
發行人暨 出版總監	曾大福
出　　　版	漫步文化 Blog：peripato.pixnet.net　　FB：facebook.com/peripato.studio
發　　　行	遠足文化事業股份有限公司 231 新北市新店區民權路 108-2 號 9 樓 電話：02-2218-1417　　　傳真：02-2218-8057 客服專線：0800-221-029　　E-mail：service@bookrep.com.tw
法律顧問	華洋法律事務所 蘇文生律師
排　　　版	極翔企業有限公司
印　　　刷	中原造像股份有限公司
初　　　版	2014 年 11 月
初版二刷	2015 年 01 月
定　　　價	300 元
ISBN	978-986-91220-0-9

國家圖書館出版品預行編目資料

徵婚啟事（二十五週年紀念版）　陳玉慧（Jade Y.
Chen）著—初版. —新北市：漫步文化出版：遠足文
化發行, 2014.11
　　面；公分. —（track；1）
ISBN 978-986-91220-0-9（平裝）
1.陳玉慧 2.華文小說 3. 文學

857.63　　　　　　　　　　103021442